# 60歳、ハウスワイフのホームステイ

## ~ 2months in New Zealand ~

中村淳子
Nakamura Atsuko

風詠社

# 目次

# はじめに

とうとう60歳。

物心ついて50年余り……

本当にいろいろあった私――

人生いろいろとはよく言ったものです。


60歳になったら何かしよう、なんて計画も予定もなかった私だけれど、縁あって、ニュージーランドでホームステイを体験できることになった。

家族に感謝！　感謝！

外国への一人旅は初めて。１～２カ月の予定。

**Hello! Thank you. How are you?**　くらいしか知らないのに、どうなるのか。

不安もあり、冒険心もあり、自分でも無鉄砲かな、とは思う。

思い立って２カ月で出発なのだから。

さあ、英会話の勉強だ！

出発までにどこまで力をつけられるか、やるしかない。

決めたのだから。

学生の頃、勉強しているフリ、試験のための一夜漬けくらいしか勉強したことのない私。勉強の楽しさなど味わったことのない私です。

この歳になって英会話の勉強なんて思いもよらなかったこと。

オバタリアンパワーでまずは勉強をしてみよう。


まあなんとアタマに入りにくいのなんの。

30分もしないうちに、アタマが痛くなる。

25程の例文を10回ずつ復誦する。最初に戻ればもう忘れている。

アタマはカラッポ。情けない。


そんなこんなを何度も繰り返し、2週間。90文例がいつの間にか頭に入っていた。

ウッソー?!

忘れずに覚えている自分が信じられない。アタマがプッツンとなるのではないかと思うくらい、練習。繰り返し練習。

声を出してするから喉も痛い。

本当に不思議。繰り返しているうちに頭に入っている。

嬉しい!!

学ぶってこんなに楽しいものだったのか。知らなかった気がする。忘れ去っているのかもしれない。

学校の先生はよく言います。〝やれば出来る〟

でもやる気にならなかった私は目的意識が何もなかったのかも。

英会話の先生に質問。

「いきなりこんなに頭に入れて飽和状態になり、これ以上詰め込めない。無理な気がする」と。

先生曰く、

「絶対そんなことはありません。死にかけた脳細胞が活性化します」

残り少ない脳細胞で覚えようとしている。自分でも信じられないくらいです。


出発まで1カ月と1週間。

留守にする家の準備まで気がまわらない。

英会話のことでアタマがいっぱい。

寝付けない日もある。今までは3分もしないうちに寝入っていたのに。

丸覚え丸覚えで少し疲れて、気力が萎えてきたよう……

こんなときはマイナス思考になってくる。

こんなに勉強したって、実際にその場になると頭は真っ白になって、何も口からでてこないだろうに…（笑）。


そんな取り越し苦労したってはじまらない。

いけない、いけない！　そんな弱気で一人旅はできない。つよ～いニッポンのオバさんでしょ。そんな思いは振り払え！

もっとゆったりと焦らずに気を落ち着けなくては。

何故かイライラしています。


今日は2月26日。

義父の一周忌の法要だった。

脳梗塞による半身不随で10年余り頑張ってこられたけど、昨年3月7日に旅立たれた。昨年の今頃は病状が不安定で、毎日病院に通っていた。

3月26日には娘の結婚式。本当に忙しい毎日だった気がする。

私も仕事をしていたせいもあった。

6月に私もリタイア。息子も卒業、就職。昨年は様変わりした年ではあった。

これからも常に変化していくでしょう。

私も留まっていては成長できない。できることをしてみよう。

今日、テレビでいいことを耳にした。

悪い失敗と、良い失敗の話。

「無知で勉強もしないで失敗するのは、悪い失敗。努力して失敗するのは、良い失敗」

確かに、努力して失敗したら、失敗の原因も掴め、成功に繋げられる。

努力しないで失敗しても、成功に繋げようもない。失敗を恐れていてはいけない。失敗はしたほうがいいくらいだ。

惜しみなく努力して失敗する。そうすれば、新しい一歩が踏み出せる。

出発まで29日。


ホームステイをしようと決めてから1カ月くらい、不安と期待で興奮気味で落ち着かなかった。

英会話について、特に不安は大きかった。でも1カ月を切ると、変に度胸が座ったのか少し落ち着けるようになった。

明日から3日間ほど、ソウルへ旅行。

義母さん・義妹・娘と私、4人で冬のソウルへ。

初めての韓国旅行。少しの間、英語を忘れて韓国語でも……。

なんと近い外国です。

東京へ行くくらいです。こんなに近いのに、言葉と生活習慣が違うのが不思議なくらい。

顔の感じもあまり違わないと思うけれど、韓国人にとって日本人はすぐに見分けがつくらしい。『完璧なニセモノはどうか?!』と、物（服やカバンなど）を売り込んでくる人が多い。

やたらと人が多く、忙しそうなソウル。

でも、女4人。楽しい旅行だった。


ニュージーランドに出発まであと20日。

4～5日英語から離れていたので心配。それにそろそろ持っていく荷物を決めたり、買い揃えなくては――。

まだ半分は、私は本当に出発できるのか、と信じられない気持ちです。

出発まで12日。

ここまでくると色々心配してもはじまらない。なるようになる。ケセラセラの気持ちになる。

世の中は、イラク問題、海賊の出現、ライブドア、ニッポン放送、の問題。大変な世の中なのに、自分ごとで語学研修だなんて、申し訳ない気もする。ゴメンナサイ。

私にとって、この時期がベストと思うのです（家庭環境が、です）。

## 2005年3月20日（日）

福岡地方に震度6弱の地震。

交通機関はストップ。飛行機の発着はOKとのこと。

29日に出発予定の私は、少し不安です。

出発まで10日を切ると、英語の勉強にも集中できず、留守にするためにしておくこと、忘れ物はないか、などいろいろ考え、まだ、本当に出発できるのか…半信半疑でいる私です。

英語もできない60女がひとりでニュージーランドに、乗り継ぎで行くなんて、大丈夫なのか。肝が大きいね、と言われたりするけれど、そうでもないのです。

胃の調子も悪くなるくらい、不安な気持ちでいっぱいです。

ここで怯んだら女がすたります。

勇気をふるいたたせ、GO！です。

# 3月29日（火）

只今、バンコクに向かう飛行機です。
安い料金での予約を娘に頼んでいたので直行ではなく乗り継ぎで行きます。
5時間かけてバンコク。
ミスだったかもしれません。乗り継ぎが不安です。
昨夜はどんなに眠ろうとしても眠れません。
一睡もできなかったのです。
早朝、娘に見送られながら、私はまるで母親に見送られる子供みたいに不安だった。
広島から博多までの新幹線に乗るのでさえ不安な気持ちになっていた。
振り返って娘に〝ついてきて〟と叫びたくなるくらい、心細かった。
福岡空港に着き搭乗手続きを終えて少し気持ちが落ち着いてきた。
でもこの手続きでちょっとしたミス。
チェックインカウンターのロイヤル何何のところに2番目の順番で待っていた。

人は少ないし良かった、と思いながら……。

ところがここはビジネスクラスだったらしい。チケットを拝見と言われ、お客様はこちらです、と、隣のカウンターへ。

何も考えていなかった。ビジネスとかエコノミーとか。

少し恥ずかしい思いをしたのです。

でも係の方は皆さんとても親切だから大丈夫。

出発してすぐに機内食（昼食）です。

ワインプリーズで一眠り。

タイカレーの美味しかったこと！

バンコクで無事に乗り換えができますように！

飛行機に乗ってしまえばもう引き返せないから度胸もすわる。

あと1時間でバンコク。


バンコク国際空港も広いし長い。免税店もすごい。

でもそんな店など見向きもせず、降り立ってからひたすらトランスファー（乗り継ぎ）トランスファー…と案内を見ながら進む。

日本語は全くありません。

英語に加えて、わけのわからないタイ語の案内です。

出口の方へついて行ってはだめよ、と娘に言われていたのを思い出す。ＥＸＩＴで出なければ良いのだ。

すごく長い通路を歩き、目的のトランスファーデスクに辿り着く。

オークランド行きのゲートが決まっていなかったので、ここで「What's Gate number?」とチケットを指しながら聞く。

「Twelve」と答えてくれ、私は「12（じゅうに）ね」と答えてしまう。向こうは「No. one two. one two」と言ってくれた。すまして「ＯＫ. サンキュー」。

12ゲートまで20分くらいかけて到着。どうも端から端だったような気がする。

何はともあれオークランド行きのゲートがわかり、一安心。喉も乾くし暑い。冷たいビールでも飲んで1時間余りを待つことにしよう。

ところがお財布には日本円しか入っていない。ビールを買うのに１０００円札は使えるけどここでは５０００円札はダメとのこと。

ない。持っていなかった。どうしても買いたいので、あつかましく向かいの店で5000円札を1000円札に両替して欲しい、と言って成功。

ビールをゲット（千円札は持っていた方が、どこの国に行く時でも便利かも）。

1000円札で支払い、米ドルで5ドルのお釣り。5ドルのビール？　タイでこの値段はちょっと高いのではないかしら、とオバサン根性も湧いてくる。まあ無事にオークランド行きのゲートが解ったから大丈夫！　ノープロブレム！

周りを見渡しても日本人らしき人はいない。

こんなルートでニュージーランドに行く日本人はいないのでしょう。


バンコク現地時間18時25分に出発。

搭乗してまたすぐに夕食です。

夕食もレッドワインプリーズでぐっすり眠れた。

気がつくと食事タイム。えっ、何食？　朝食？

タイで時刻をセットしていた私の時計は午前2時30分。

シドニーには午前7時ごろ着くと思うのだけど——。

前面に表示された時刻を見たら午前5時30分。6時17分に到着予定。

時差なのね。


今、3万9000フィートの上空にいる。高度をどんどん着陸に向けて下げてきた。なんと素晴らしい夜明けの色彩。オーストラリア、シドニーの朝です。何色といったら良いのか…どんどん色が変わっていく。美しいブルーに、夕焼けみたいに朝日で真っ赤に染まったところもある。

そういえばバンコクを飛び立つ時、今までに見たこともないような美しい夕焼けを見ながら雲の上へ。

バンコク経由で良かったかと思ったくらいだった。


シドニーに到着。

福岡空港で聞いたところによれば、シドニーでは機内に留まったまま待ち時間を過ごすので大丈夫、といってくれていた。ところが全員降ろされ、しかももう一度手荷物検査アリ。

ゲートナンバーは？　何分に出発？
一気に不安が増してきた。日本人はだ～れもいない
子ども連れの、白人だけれどインド衣装を身に着けたご婦人に「トゥー　オークラ
ンド　ＯＫ？」と、ワケのわからない英語で心細げに問いかけた。「ＯＫ」との答え
に一安心。
1時間ほどの待ち合わせでシドニーを後にした。
2時間27分のフライトです。
目的地オークランドに到着。
7時半～8時頃にシドニーを出発し、2時間27分で到着。なのに只今の時刻は12時
31分。
どういうこと？　2時間30分くらいしか乗っていないのに。
解りません…
ホストファミリーのネピアさん（キャッス・ネピアさん）はご主人を2カ月くらい
前に亡くされ一人暮らし。日本にいる息子さんのアンソニーが娘婿の友人という縁も

あって今回ネピアさんのお宅でお世話になることになりました。とはいえ、ネピアさんとは初対面。私の服装（ピンクのスーツケース・ピンクのジャケット）をアンソニーからネピアさんに伝えておいてもらったので、ロビーに出たらすぐ見つけてくれました。

初めて会ったネピアさんは、大きくて優しそうで頼りになりそうな素敵な方。会ってすぐになんと挨拶したのかは、残念ながら全く覚えていないのです。

ネピアさんの車で出発です。

両替、語学学校の申し込み、テレフォンカードの購入、全て終わり、ようやくホームステイ先の家に到着。

長い長い1日でした。

単語だけの会話、それも電子辞書を引きながら…。語学学校の申し込みに至ってはチンプンカンプン。日本人のサポーター（電話）がいなかったら全くわからなかった。わからないので首を傾げてばかり。そのおかげかどうかは知らないけれど、入学金か何かをいろいろサービスしてくれて、人より随分と安く入学したらしい。人には言うなということだった。

英語に関してはもうメチャクチャでーす。


初めてのオークランドの夜。

星は日本で見る星の数とは雲泥の差。

これは散りばめられた星、ひとつずつの星があるのではない。星屑もみんな見える。

というか、星プラス星を砕いたような小さな光がいっぱい見える。ひとりで見るのがもったいない。

それにしてもメチャクチャな英単語を乱発した一日だった（これは帰国まで続いているなぁ――）。

でもバスルームの使い方、セルフですることとしないことはわかった。

込み入った話は全くわからないのは当然です。

おやすみなさい。

## 3月31日（木）

朝はゆっくり8時頃まで眠っていた。

ウォーターベッドの心地よさ。ディス ベッド イズ ラブリーとネピアさんに言った。

語学学校までの道のりは一人で。バスを利用し、下車したバス停から25分くらい歩くと学校に着く。

ホームステイ宅からバス停まで10～15分くらい。いい運動になる。

ダイエットできればいいのだけど…。

今日のタスクは学校までの道を覚え、バスカード（1カ月分）を買ってくること。

できればセルラーフォンを借りたい。

ショッピングセンターに行くと寿司コーナーあり。

寿司は別に食べたくなかったけれど、バスカード売り場を聞きたかったので日本人らしき人に声をかけて聞く。親切に教えてくれた。できるだけ日本人には声をかけずにおこうとは思っている。

バスカード売り場に行くと昨日テレフォンカードを買ったところだった。日本語はわからないけど、顔を覚えていてくれ、親切だった。

娘にセルラーフォンの売り場を聞いていたのだけれど、そこまで行こうと思ったら循環バスでダウンタウンへ行かなければならないらしい。

リンクバスに乗りダウンタウンへ。

近くまで行ったけれどわからないのでリンクバスで戻ろうと思ったら、降りたところと乗るところがまるで違うみたい。3人に聞いた。2人目までは、目的地まで行けるかもしれないけど全く違う場所を言った。3人目にこれだ!と思うところを教えてくれたのでその場所に行ったらすぐに乗れた。

不安で少し焦ってしまう。

バスストップのベンチで、どこで待っていたらいいのかわからなくて腰かけ途方に暮れていた。70歳くらいの老夫婦が「ユーアー バスドライバー?」と聞いてきた。「ノー」と言ったものの、ユーアーじゃない、アーユーでしょうにと思いながら……エッ、日本人だったのかも。

私のように帰り道が解らなかったのかもしれない。私がバスドライバーに見えるはずないじゃない。きっと日本人だったのでしょう。私だって自分の帰り方がわからなくてオロオロしていたのだから余裕がなかった。ゴメンナサイ。

私はどうにかバスを乗り継いで帰宅できました。あのご夫婦はどうしたかしら。まあ、何とかなったでしょう。


食事もヘルシーで嬉しい。

ホストファミリーの方がダイエット中なので、丁度良い機会です。

味付けもほとんど（全く?）ないので、塩コショウでいただく。

ジャガイモがあったらパンもご飯もない。人参も一度にこんなにたくさん食べたのははじめてかもしれません。

体にとても優しい食事だと思う。

# 4月1日（金）

2日目の朝 ― 晴れ 清々しい朝

こちらは秋に入る頃で、暑くも寒くもなく丁度いい気候だ。真夏の格好をしている人もいるし、秋の格好をしている人もいる。様々です。

今日のタスクは雨に備えて折りたたみ傘を買ってくること。

こちらの人はあまり傘をささないとガイドブックに書いてあったので持ってこなかった。ニュージーランド人になりきろうと思ったのに。

必要だったのね。ホームステイに来る人は、折り畳み傘は必要ですよ。

ホストファミリーのネピアさんは、夕食にワインもビールも飲みません。

ダイエット中だから飲まないのか、もともと飲む習慣がないのかわからないけど、聞けません（飲みたいのかと思われたくないので）。

日本で、というか私は、夕食に飲まない時もあるけれど、ビール一杯くらい（？）はよく飲んでいたのでちょっと淋しいかな。

今日からは私一人で昼間は過ごせるので、今日の昼食はビールを飲もう！

昼食にはケバブが食べてみたかったので注文。ビーフが好きなのだが目につかないので「チキンケバブ プリーズ」と。そうすると何か聞いてくる。

ソース？　何種類かあったけどパッと読めたのがチリソースだったので、「チリソース プリーズ」。

別の店で「ワン ビアー プリーズ！」。

店員さんはここでも、ナントカカントカ？

きっと種類を聞いているのだと勝手に思い、「ハイネケン プリーズ」と言ってみた。

これでＯＫ。よかったです。

美味しいビールで喉を潤す。

３月29日に自宅を出発して今日は４月１日です。

４日間でビール２杯だからいいか！

聞いておいた店で雨傘を買えた。９・９ドル。

一人歩きも案外気楽。

娘と一緒だったらもっとたくさん楽しめると思う。

来週から語学学校が始まるとはいえ、こんな調子で2カ月も過ごせるのか…。

ストレスはないけれど、ひとりでいた方が気が楽なのがいけない（英語で話しかけられないからです）。


ネピアさん宅は本当に堅実な家庭です。

私もしっかり見習わなくてはと思います。

趣味はまだ何かわからない。歳の頃は5つくらいは下だろうと思う。80kgはありそうな方で、血圧も高いらしい。だからダイエットをしているようです。

これはどこも一緒です。

今日も無事に一日も終わり。

I am going to bed.

## 4月2日（土）

今日も素晴らしい天気。

ネピアさんの友人とウォーキングに行った。

大きな公園で40分ほど歩く。気持ちよかった。

公園まで車で10分。所要時間は1時間。たくさんの人が歩いていた。

牛あり、羊あり、鶏ありの公園で、ほんとうにいい気持ち。


昼食はチーズ入りオムレットと、庭にあるリンゴを料理したもの（砂糖を入れた水にリンゴを切って入れ、15～20分ボイル。そして潰す）。

ネピアさんはジャムではない、と言っていたけど、ジャムになりかけの状態のものをアイスクリームと一緒にいただく。

甘い。ネピアさんはダイエット中だから食べなかったけど、私は朝食をとっていなかったし玉子（チーズ入り）だけではものたりなかったのでおいしくいただく。

チーズオムレットも美味しかった。でも、調味料は全然使っていない。塩とコショウでいただく。

夕食もそうだけど、いつも支度の時間は非常に短い。

肉や魚は焼き上がる時間が料理する時間。味付けをしなくていいのは、いいねぇ。

自分で好きなように味付けすれば良いのだから。


自分の部屋に戻ると、まるでライターになったみたいにペンを取る。書くことが大嫌いだった私なのに、今は楽しくてしょうがない。

これだけが日本語の世界？だからでしょうか。


午後からもネピアさんと一緒に行動。

庭の木を剪定して、ネピアさんのお母さんの家を訪問したり、夕食の買い物など。

今日の私の夕食はフライドポテトとフライドフィッシュ。帰りにお店で揚げてもらったもの。帰ったら（7時頃）すぐに熱いのを、と言ってくれ、夕食をとる。

おいしかった。でも、このような油物が好きだと思われたら、せっかくヘルシーだったのが元も子もない。

とりあえず、油ものはドクターストップがかかっている、と伝えてみました。

私としては今まで何度もダイエットに失敗しているのだから、こんないいチャンスを逃してはならない。中性脂肪の数値が人よりも高い私は多少、アルコール、油ものを控えた方がいい、運動すればもっといい、と医師から言われていた程度だったけれど。

こんないい機会はないのだから、ネピアさんのダイエット食と一緒でいいと言った。何とかメチャメチャの英語…というか単語でわかってくれた。

英会話？　これ英会話じゃないよ。

2カ月間一所懸命勉強したのはどの辺りで発揮できるのか。今でも発揮しているのだろうか。どうしても日本式に言葉を作ろうとするから無理がある。発想を変えなくてはいけない、けど、浮かばない。

まだまだ3日目。ゆっくりかまえなくては。

ネピアさんは、今晩は友人の家へ遊びに行くから一緒に行こう、と誘ってくれた。でも私はシャワーをしてすぐ寝ると言って断った。

娘婿のジェームズが日本語の嵐の中で疲れる気持ちがちょっとわかった。

知らない人の中で、空っぽの頭の中から英単語を引っ張り出しながら、電子辞書を引きながら、話をするのは大変ですね。

私のことだからそんなにつらくはないけど。


ワインかビールが少し欲しいな。

今日も何とか1日終わりました。

I'm going to bed.

## 4月3日（日）

雲がすこしあるけれど概ね晴れといった感じ。

オークランドに到着した時、緑の島だ—とは思ったけど、ほんとうに緑、緑、緑。

人間にもとても良いけれど、鳥や動物たちにとっても楽園です。

1日中小鳥たちがおしゃべりをしています。


そういえばネピアさんも友達と1時間会っている間、話が途切れません。ネピアさんのお母さんと会っている時もです。

息子さんに会っている時も話し続けます。

私もそうだったかな?


今日はもう1人のお仲間が到着予定。

日本で聞いた時は、スイスの人と聞いていたけれど、ネピアさんの発音ではスウェーデンと聞こえる。スウェーデンのはずないよね。もともと英語圏でしょうに。

英語のレッスンに来るはずないし。

まあどこの国の人でもいい。どんな方か楽しみです。

明日から通う語学学校のプログラムを見ると、シルバーエイジプログラム。

シルバーか。

ショック！


もう1人のホームステイの人がスウェーデンから来られました。

とても若く、素敵な人です。

51歳とは思えません。英語もかなり上手いのに、まだ勉強するのですね。

この歳になっても知らないことばかり。スウェーデンは英語圏とばかり思っていた。

スウェーデンはスウェーデン語です。私が無知でした。でも英語に近いと思います
(日本語よりは)。

英語のレベルは、私とでは幼稚園と大学生の違いです。

勉強は明日からが本番だけど、少しは上手くなるのかしら。

今日のディナーは残っていたご飯でオムライスを。私がクッキングしました。

日本の料理を食べていたのでは、また私の体重は戻ってしまう。ほどほどにしておこう。

今日、ネピアさんの孫の赤ちゃん（10カ月くらいだろうか）におやつを食べさせてあげたのだけれど、何と声をかけていいか、赤ちゃんにさえ話しかけようがない。日本語でアーンとか言いながら食べさせてあげ、最後に抱っこしようとして足を椅子に挟み、泣かせてしまった。よしよしも言えない。

なさけなくて淋しい。

ところで今日、ワインは好きかと聞いてくれた。

「アイライク ワイン」と答えると、"I like wine. So tonight!" と言ってくれました（この時私は勝手に白ワイン、赤ワインを想像）。

食事の後、お土産に持参した梅酒でネピアさんと、スウェーデンから来たカースティン、私の3人でチアーズ！　3人で飲みました。

おいしかったです。

明日は8時に家を出ます。

I'm going to bed.

梅酒もワインでした。

# 4月4日（月）

ホームステイ先そばのバス停

遅刻をしてはいけないと思っていたから早く目が覚めた。

準備OK。8時に出発。所要時間は学校まで1時間（初日は9時スタート）。

8時15分のバスに乗るためにバスストップに到着。ところが30分経っても全くバスの姿が見えない。

留学生の若者たちも待っていたが、そのうち、今日はバスのストライキでバスは来ない、と通りがかりのドライバーが教えてくれた。

若者たちは3人くらいがまとまってタクシーで学校へ。私たちもタクシーかなと思っていたら、ネピアさんが車で迎えに来てくださり、学校まで連れて行ってくれた。さらに、今日は1日中バスが運行されないので帰りも迎えに来てくれ、助かった。

こんなストライキは20年来1度もないことらしい。

すごい時にでくわせたものです。


そんなわけで、学校も皆大変です。

バラバラに登校です。先生の言うことは解らない、テストもありでガックリ。

シルバーエイジクラスは私と日本人の67歳の男性とスウェーデンの同じホームステイの女性の3人です。

スウェーデンの人は先生の言うことがほとんど解っているみたい。その日本人の男性と私はチンプンカンプン。シルバーエイジクラスは3人でも英語の授業を受ける時は一緒ではありません。レベルに応じてです。

日本人、スイス人、サウジアラビア人、中国人、ドイツ人、スウェーデン人……。

ほんとうにいろいろな国からの英語研修です。日本人で高校を卒業したばかりの女の子、大学を卒業してきたという女の子2人は、さすがに現役です。

私たちよりはだいぶわかっているみたい。

今日のテストの結果がどうなのか。

テストがどうのこうのではない。たとえテストができていても何と言っているのか聞き取れないのだから。

でも不思議なのは大事なところ、次に何をするか、食事を取れ、何時に集まれ、みたいな事はわかるので、問題ない。


今日はテストの後、学校の周りをバスに乗って観光です。学校の説明もいろいろとしてくれたけどよくわからない。

すべて英語ですから。

少し今日は疲れたかも。

娘からＴＥＬあり。長い１日でした。

グランチャイルド３人を連れて、息子さん夫婦

学校

来訪（週のうち3～4は来ているのかな）。

## 4月5日（火）

無事、学校へ行って帰れた。
英会話のクラスは初級クラス。
ブルガリア、サウジアラビア、チャイナ2人、日本人3人の、7人のクラス。
日本人2人（私と67歳のタダシ）を除いては20歳前後の若い人たち。
教室では日本語・辞書はダメ。もっぱら会話とヒアリング、グラマー。
若くて美しい先生です。30歳前後？

中学1年生の2学期ぐらいからの程度でしょうか。とてもわかりやすい授業です。
ランチは学校に売りに来ている弁当を買って、クラスメイトと食事。量が多いので半分しか食べられない。まずまずの味だったのでよかった。日本的な弁当だった。箸もありです。

とにかくよく歩きます。楽しいプログラムいっぱいのスクールです。

取りあえず楽しまなくては　損　損。

つかれた。

I'm going to bed.

眠りにつけないので書き留めておこう。

今日、学校には遅刻したのだった。

充分に間に合う時間に家を出たのだけれど（一応バスの時刻表はあるが）バスがなかなか来ないし、やっと来て乗れば渋滞だしで、1時間20分ぐらいかかり、10分遅刻です。

私たちだけではないから、まぁ仕方ない。

でもバスはいつ来るのか。早いかもしれないし遅いかもしれない。ということらしい。バス停ではないところでも降ろしてくれるような融通が利く面もある。お年寄りの方が便利の良いところで下車させてもらっているのを見てびっくりしました。

ところで私の体重。日本を出る時は58～59kgあったはず。

今は56kg。出発して8日目になります。

50kgを目指しましょう。私のベスト体重です。

周りの大きさに惑わされてはいけません。別にダイエットしに来たわけではなかったはずです。

英会話　英会話。

それにしても…

朝は規則正しくパン1枚（8枚切り）とコーヒー。昼食はボリュームのあるインドカレー・タイ料理・学校の日本式の弁当（韓国の人が作っている）などを食べます。

帰宅してから勝手におやつを食べたりするのも嫌だし、夕食の7時までお腹をもたさなくてはならないのでしっかり食べています。

それで体重は減少気味だから最高です。

神経をすり減らしているのでしょうか？

## 4月6日（水）

今日は午前中だけ授業。

午後は学校ではなくてニューマーケット（近くのショッピングセンター）で昼食。

タダシはタイ料理、私はインドカレーにした。

ダウンタウンまで足を伸ばし、待望のケータイをゲット。やっとのことでケータイを貸してくれる店がわかった。

とても見つけられない場所にあった。狭い入り口を入った2階にあったのです。とりあえずこれで一安心。

今まで時間がたくさんあると思っていたけれど、今日はとても忙しい1日だった。することが多くて、1日では足りないくらい。

オークランド市内

疲れた――。

## 4月7日（木）

日本では入学式などある日だけど、ニュージーランドではどうなのかわからない。（後でわかったことだけど、５歳の誕生日から小学校へ行くそうです。だから入学時期はバラバラなのだそうです）

今日も午前だけで授業は終わり。
洗濯物もあったのでランチを学校で済まして、途中、タダシとティータイム。
Ｃａｆｅ́に立ち寄り、イングリッシュブレックファースト（紅茶）を注文。
ところ変われば紅茶も言い方が変わるものです。
その後真っ直ぐに帰宅。

洗濯をして、少し今日の勉強の復習。

タダシは2~3時間街をブラつくらしい。

帰宅しながら心配があります。

今日は〝グッデイ〟だったかと聞いてくれます。どんなことをしたのか英語で答えるのは私にとっては苦痛です。

でもそれは私にとって勉強になるはずです。

今日も文になっていません。

単語だけでなんとかわかってくれます。

なさけない。


夕方、珍しく別行動をしたスウェーデンから来ているカースティンが帰ってきた。

私は「Hello! Where did you go today?」と聞く。ダウンタウンの周りをいろいろ歩いた、と言っているようです。

私も、学校でランチして帰宅し洗濯した、と伝えたつもり。

たぶん、わかってくれた。

## 4月8日（金）

ウィークエンド。

学校の授業は11時40分まで。12時からガーデンやワイナリーを見学しに行く予定（学校のプログラム）。

今日はほんとうに楽しい1日だった。

まずスタートが良かった。

いつもバスがなかなか来ないので学校へは5～10分遅れが当たり前だったのに、時間どおりバスが到着。渋滞もなくスムーズに行けたので10分前に到着できた。

20分間しかランチタイムがないので、学校で売っている弁当を慌ただしく食べて車に乗りスタート。

広大なガーデン、農場（羊や牛がほんとうにのんびりと草を食べている）を見て、ワイナリーへ。

5種類くらい試飲させてもらい、カースティンと私はこれからのディナーのためにワインを2本買った。

ウィークエンドには飲もうということになった。

今晩はホームステイ先のネピアさんは用事がありディナーにはいない。

ふたりだけのディナー。

食事は用意してくれていたので、ワイナリーで試飲したにも関わらず、ウィークエンドのディナーを、ワインを飲みながら会話をはずませ（?）楽しんだ。

お互いの家庭のこととか仕事など。コミュニケーションが取れるのが不思議です。

自分がどう考えても納得のいく英会話ではないのに通じ合えるのが嬉しい。

人間同士ですから。

ワイングラスを持ち上げ、ふたりでチアーズ！

日本では〝カンパイ！〟なのよ、と教えてあげていい気分。

ここにいる自分がどうしてこんなに自然でいられるのか不思議！

明日の土曜日はダウンタウンでワインフェスティバルがある。そんな情報を耳にしたので、今日はゆっくり寝て明日行ってみよう、ということになっている。

日本人のスクールメイトからきいたのだけれど、ほんとうにその場所であるのかちょっと不安…。

## 4月9日（土）

先週の土曜日に行った公園にウォーキングに行った。

8時20分にスタート。9時30分頃まで歩き、帰宅。

ネピアさんとその友人（名前忘れた）とカースティンと私。

ネピアさんとその友人は前を、カースティンと私は後ろを歩く。

ネピアさんは私より30㎝くらい背も高く（私は155㎝）30㎏は体重も多そう（私は56㎏）。

友人も身長は175㎝くらい。カースティンも同じくらい。体重は70㎏くらい（とてもアバウトですけど）。私は堂々と56㎏、155㎝なのに、子どもみたいです。歩幅だって違います。

皆が2歩のところを3歩は歩きます。歩く事は好きだからこの時間はとても気に入っていますが、その姿が1人でおかしくなります。

公園には赤ちゃんを乗せたベビーカーを押しながら走っているパパ（子どもがかわいそう）、ローラースケートの人、自転車でサイクリングの人、犬を連れて走っている人（犬がハーハーしている）、巨大な人、スリムな人、そしてそんな人間たちなど見向きもしないでひたすら牧草を食べている牛、羊、にわとり、馬たち。その姿はまるでそこだけ時間が止まっているかのよう。

遠くを見ればシーサイドの緑の中に家々が。

絵ハガキなんて問題にならないくらいの美しさです。

そういえば今朝、ホームシックになっていないか、とネピアさんが聞いてくださったけれど、ホームシックになっている暇なんてないくらいです。そしていつも、言いたいことをどう英語で伝えたら良いか、頭の中を英単語が、これでいいだろうか　いやこっちだろうか　と浮かんでは消えしている1日なのですから。

10時30分。今からワインフェスティバルにGo！

どんな1日になるのか楽しみです。

まぁ、なんとかなるでしょうけど。

日本人タダシを誘おうと思ったけれどやめておこう。カースティンに悪い気がする。日本人同士でペラペラ喋りながらワインを楽しんでしまうのは気が引ける。あまり喋れなくてもふたりでそれなりにコミュニケーションをとりながら、ワインを楽しむことにしよう。


なかなかのワインフェスティバル。人も多かったし、ワインもチーズも大変おいしかった。

スモールを2杯飲んで、つまみ（チーズやソーセージ、クラッカー等）でお腹いっぱいになって出た。

音楽もありで楽しいフェスティバルだ。

その後フェリー乗り場に行き、島（ディボンポート）へ渡り、マウントビクトリアに歩いて登った。

50分ほど歩いただろうか。イギリス調の古い佇まいを残す町。ここもパラダイスです。

明日の予定はまず、朝はネピアさんと教会に行く予定。

## 4月10日（日）

今朝も快晴。３人で教会へ行きます。

少し肌寒さを感じるくらい。

教会へは９時10分スタート。すぐ近く。（と言っても車だけど…）５分くらいで到着。お祈りが始まるのが９時30分から。

だいたい50人くらいの参列者。

讃美歌を歌い、お話を聞き、まわってきた袋にお金を寄付する。

とっさのことで財布から最初に掴んだコインを入れた。

ドルじゃなくセントだったと思う。

悪かったけど仕方ない。突然のことで間に合わなかった。

教会にはかなりの時間（2時間くらい）いた。紅茶とビスケットをふるまってもらった。

教会を出てネピアさんと、野菜を作って販売している友人のところへ。

トマトは畑に入って自分で好きなのをもいでとってきて、計ってもらって買うのです。びっくり。

その後、帰宅途中で私たちふたり（私とカースティン）は車から降ろしてもらい、街へ繰り出した。

ふたりでレストランに入り、カースティンはピザ。わたしはケバブ（思っていたものとずいぶん違っていたけど自分で注文したのだから仕方ない…）を食べた。カースティンが、飲もう、と言うのでビールを注文。

ハッピー。

ふたりは夕方までうろついて7時に帰宅。

疲れた　明日は学校。　早く寝よう。

今晩、ネピアさんにいつも思っていたことを言った。
ネピアさんの英語の響きは他の人と違って、とても優しく美しいのです。
I can not speak English. But I think Kath's speak English beautiful.
カースティンもI think so.と言っていたし、通じたと思っています。

## 4月11日（月）

2度寝をしてしまい7時に起床。

慌てて準備。7時25分に出発。学校には間に合った。

授業も終わり、ランチをどこでしようかとクラスメートのタダシとウロウロ探す。

17〜18ドルのランチを見ていたところ、20歳のショウコとトモカズに出会った。

ここは高いから安くて美味しいところを教えてあげる、と言うので連れて行ってもらった。ほんとうに庶民的でいい店を教えてもらった。

ところが日本人4人集まっておもいきり日本語を2時間喋り続けた。彼は広島の大竹から来ているということで話も合う。この若者ふたりは私のホームステイの家の近くにホームステイしているのだった。

ショウコは特に近かった。奇遇でした。今日は授業中それぞれの家庭のこと、兄弟、父母、そしてそのそれぞれの職業などを英語で紹介することになった。

先生が、サウジアラビアから来ているイブラハムは兄弟のことを全部書かなくていい、という。20人だから。

えっ？

お父さんは4人の妻と、20人の子どもがいるという。

サウジアラビアから4～5人来ているようだ。けれど兄弟なのか友人なのか知らない。でもとても裕福で1週間400ドルくらいのホームステイをしていると聞く（噂話だけど）。

牛肉が出ないとダメらしい。

ケータイも国からの持ち込みです。ヘビが出てくるような着メロを時々耳にします。

端正な顔立ちで、ほんとうにハンサムです。22歳。大学を卒業してから留学してきているとのこと。

お国柄とはいえ、びっくりしました。

明日はまたどんなことに出会えるのかと思うと、ワクワクです。

## 4月12日（火）

日本を出て2週間。毎日1つずつでも新しいことを覚えていくのが楽しい。

今日はかなり寒くなった。

イブラハムは1時間半くらい遅刻。ソーリーと言って入ってきた。

新しいクラスメイト、リーも加わり8人のクラスになった。リーは日本語ペラペラの韓国の女性。25歳くらいかな。

なぜか楽しいクラスです。

学校に行くのが楽しみなのですから。日本語の通じる人が何人かいるせいもあります。

学校のプラグラムでいろいろと観光をさせてくれるけど、英語で説明してくれるのですから十分の一もわかりません。ただ美しい景色に、なるほどなるほど…みたいな感じなのです。

私のほうから質問したことだけしかわからない、といった感じです。

学校からの帰り、またカースティンが家に帰るには早すぎるからビールでも飲んで帰ろうと言ってくれた。

私とタダシはすぐに大賛成。

セルフの店で1時間ほどジョッキ1杯を飲みながらおしゃべりして帰宅。タダシも私も日本語は使わないようにして一生懸命に英語でカースティンと話をしたのだった。

夕食は最近やけに量が多くなった。

私のダイエットが続けられるだろうか心配。

# 4月13日（水）

朝は寒かったけれど昼は半袖でいい。

今日は早めに帰宅。

洗濯日にした。

そういえば今朝、学校へ出かけようと思ったら猫がミャーミャー鳴いています。

見るとエサが空っぽ。

ネピアさんはウォーキングに出かけているし、あっちこっち戸棚を開けてエサをみつけてあげることができた。

エサを入れる私の手を押し除けるようにしてエサを食べていた。

I'm Happy! 名前は忘れた。２度は聞いたのに。

猫に "Sorry. What's your name?" とも聞けないし。声もかけられない。

ところでいつも主食のジャガイモに塩をかけて食べていたのに、今日は何もかけないで食べていた。

日本でもご飯に塩を振って食べていないのだから、当然ですね。それにあまり好きでない鶏肉がほんとうにおいしいのです。

ブロッコリーには塩を振ったけれど、パンプキン、ジャガイモ、トマトはそのまま。ほんとうにシンプルな味。素材そのままです。ブロッコリー、パンプキンはレンジで。とり肉はオーブンで。ジャガイモは鍋で茹でて潰す。

毎日そうだけれど、お皿はそれぞれに1枚あればいいし、2~3日分まとめて入るような大きな食洗機で2~3日に1回洗う。

ほんとうにのどかな国のような気がする。


ところで私もこうして日記を書いているけれど、今日、スウェーデンの彼女も日記を書いている、とノートをさっと見せてくれた。びっしり。

私には英語にみたいに見えるけどそれはスウェーデン語らしい。私は、英語で日記が書ければいいのだけど、と言ってジェスチャーをした。

もしかしてその日記の中に、私が登場していたら?

ほとんど英語ができない私が四苦八苦している姿を、どんなふうに思っているのだろうか。

恥ずかしい。日本人の恥かしら。ちょっと心配になってくる。

でも、今さら何を言っても始まらない。マイペースで行こう。

カースティンと私は（私的には）とても気が合っているような気がする。時折同じことを考えていて、“me too”と言うことが多々ある。

彼女と私はほとんど一緒に行動しているので、相手の気持ちがとてもよくわかる。歩きたいとき、ビールでも1杯飲もうかと思う時、街をぶらつきたい時。

言葉は大切だけれど、気持ちだけでも結構通じ合えるから不思議。私の1つ2つの単語で、言いたいことをわかってくれたりする。

ふたりでいてとても楽しい。

## 4月14日（木）

今日も素晴らしく晴れた1日だった。


授業が終わった後、学校のプログラムで美術館に行った。

1階を見てエレベーターで2階へ上がり見ていたら、係員さんに『ステッカーは？お金は払ったか？』と聞かれる。

ティーチャーが払ってくれているはず、と言いながら1階に降りていくと、ティーチャーは『1階だけ見ることになっている』と言う。

2階は別料金だそうだ。

もう全部見た後です。アイムソーリー。

でもOKでした。得をしました。

知らないということはほんとうにいけないことだけど、堂々と見ていたのですから。

広いねぇ～とか言いながら。強いですね。

昨日も今日もホームワークがあり四苦八苦です。
今日はカーステインにチェックしてもらったので、明朝は学校へ行くのが楽しみです。
完璧ですから。
頼りになる人がそばにいるのでうれしい。
明日はハードスケジュールです。
I'm going to bed.

## 4月15日（金）

今日で半分（4週間の授業を申し込んでいる）終わった。
あと2週間では、たいしたことになりそうもない。

でも英語ばかりの場所で勉強するのは確かに強烈に感じるものがある。半年〜1年、日本で勉強するのとはわけが違う。

英語の意味を英語で聞いて英語を理解するのだから、二重三重に覚え込まされる。

そういえば、ホームワークは完璧ではなかった。

"a" "an" が抜けていた。なかなか完璧とはいきません。残念!

よく考えれば気付いたはずだったのに。


今日も学校のプログラムで、美しいビーチやワインファームへ行ってきた。

全て英語の説明なので、90%は理解できていない。

でも美しいからいいいか。


6時ごろ帰宅。ネピアさんは留守。

7時に帰ってきて食事は7時半すぎ。

カースティンと私は「アイムハングリー アイムハングリー」

週末楽しみにしているワインでチアーズ!

## 4月16日（土）

学校は休み。カーステインはバス旅行に出かけた。

私はパス。

朝、ウォーキングに行って、昼ごはんはタダシと。ダウンタウンで待ち合わせることになっている。

時間を打ち合わせするために、タダシのホームステイ先にＴＥＬすることになっていたので、トライしてみる。

Hello! This is Atsuko speaking. I'd like to talk to Mr. Tadashi.

すぐにタダシに代わってくれた。

緊張のあまり、相手（スミス氏）がなんと言ったか、全く聞いていなかった。

とりあえずタダシに代わってくれた。

ところが代わってくれたタダシが「Hello!」と言うから、えっ？　違うの?!と思ってしまう。「もしもし中村です」と言って、タダシであることを確認。

すぐに日本語を使ってくれ!!

そうでなくてもドキドキしながら伝わるかどうか心配しているのだから。

そういえばタダシに、ここはサザンクロスが唯一見える場所で、晴れた日には見えるよ、と聞いていた。

自分で見たけど、あれかな、というくらいで自信がない。どうしても確認したいなと思っていた。

食後、ネピアさんに思わずついて出た。「Can I see Southern Cross?」

すぐにベランダに出て教えてくれた。

私が思っていたのと同じだった。よかった。

今まで短いフレーズでも、いつもあれこれ考えて言えなかったのに、何も考えないでスッと、"Can I see" と出たのが嬉しかった。

(もしかして "Look" だった？　そんなこと考えていたら何も言えない…あとでそんなことを考える…)

今日はマッスル（Mussels）を食べに行こう、ということでタダシと待ち合わせ。ブリトマート駅で会い、バスに乗り、英語の先生から教えてもらっていたところへ行った。

マッスル料理

説明どおりのところにその店はあった。

ムール貝に似たその貝は味付けもよく最高！　ニュージーランド料理らしい。

ビールにもよく合う！　これはもう一度、カースティンを誘ってこよう。きっと喜ぶに違いない。

ミッションベイというところにあるのだけれど、その浜がまたとても美しく景観も抜群。ニュージーランドに来て一番美味しかったような気がします。

これからも美味しいものに出会えるかしら。

グルメに走ってはダメダメ。

すぐもとの体重、いや、それ以上になるのは目に見えている。

## 4月17日（日）

今日はカースティンとふたりで、ランギトト島へトレッキングに行った。

1時間ぐらいで登れる山です。

昼食は山頂で食べよう、ということでサンドウィッチと水を持参。素晴らしい景色の中でサンドウィッチを食べる。

70〜80人くらいの人たちはそれぞれ持参のサンドウィッチやおかしみたいなものを食べている。島には1軒の店もない。

飲み物ももちろん売っていない。

火山灰や岩の中を歩く。足元が非常に悪いのがまた自然でいい。木もいっぱい。カヤックを楽しむ若者もいる。
景色は絵にも描けない美しさというのだろうか。
３６０度、海と島々とヨット、クルーザー、フェリーが行き交う。
ヨットの数は半端じゃない。

ところでカースティンと行動するときは、必ず帽子がいる。
日陰で休もうとは絶対にしないのです。日光の当たるところが大好きです。
そんなわけでサンドウィッチを食べる時も、カンカン照りの中で食べました。

ランギトト島トレッキング

スウェーデンでは5カ月くらいを雪の中で暮らすらしいから仕方ありません。
先日、ホリデーの話になり、日本は5月に10日間ぐらいのロングホリデーがあります、と言ったらカースティンはびっくり。

それはショートです。私たちは4～6週間です。と言います。
気候的なものもあるのでしょうが、日本も少し制度が変わるといいな（私には関係ないですね）。

登山なんて久しぶりだったので、明日は足が痛いでしょう。パン1枚分のサンドウィッチだったし、お腹が空いています。

I'm hungry.

## 4月18日（月）

今日から1週間、英語の先生がチェンジ。仕事の都合です。
新しい先生だと聞くことに慣れるまで、なんと言っているのかよくわかりません。
宿題はここのところよく出ます。

シルバーエイジクラスは午後からワイヘキアイランドに観光だというのに…。

ここもまた素晴らしいところです。

瀬戸内海の島や海ほど美しい所はそうそうないと自負していましたが、ここもほんとうに美しい景色です。

しかも、海岸にはゴミが全然ありません。

海にもゴミの1つも浮いていません。

素敵です。

ひとりひとりがニュージーランドの美しさを守っているようです。子どもの頃から教育されているのでしょうか。

昨日行ったランギトトアイランドも、かなりの人々が訪れ、1時間（往復2時間）ぐらいのトレッキングを楽しみ、山頂で食事をする人が多いのに、ゴミ1つ落ちていませんでした。包み紙ひとつ。

持ち帰るのです。

ビーチにはまだまだ泳いでいる人も三々五々います。

# 4月19日（火）

今日の学校のアクティビティはよくなかった。

ファッションショッピング、ということで、大きなスーパーマーケットみたいなところに連れていかれ、解散。

日本の店の方がよほど安いかしれない。

チャイナ、コリア、日本人は買わない。よその国の人はわからないけど。

スウェーデンのカースティンは同じくらいだと言っていた。


ところで今週に入ってから英会話の先生が毎日変わるから大変。

担当の先生が休みだったらこんなことになるのでしょうか。

今日の先生は楽しかったからいいけど。明日はどんな先生になるのか不安です。

家に帰れば洗濯を。1日おきくらいに手洗いです。洗濯機も大きすぎて毎日はまわりません。6~7人家族でもOKのような食洗機と洗濯機です。

毎日素晴らしい景色の中で生活していると、マヒしてしまいそうです。

船と景色とビーチは美しすぎます。


明日は授業だけ。

午後はフリータイム。どうしようかな。

## 4月20日〔水〕

いろいろハプニングは起きるものです。

昨夜6時すぎにネピアさんのお母さんが入院されたとのこと。

心配してもどう言っていいかわからず、オロオロするばかり。Worry, worry. Can I help you? しかない（それほど重病でもなく時々あることらしい）。

それに夕べは、日本人と結婚しているという息子さんの友人の家へ食事に招かれて行った。カースティンと私、3人ともです。

1週間くらい前に何かそれらしきことを言ってくれていたらしいけれど、私たちには通じていなかったものですから、突然さぁ行こう、といった感じになり、急いでワインを買って出かけたのです。

もう7時すぎになっていました。

お好み焼きやご飯、コリアン味噌汁などでおもてなしをしてくださり、楽しいひと時を過ごし、日本語もついついはずんでしまいました。

11時すぎの帰宅。こんな時間は久しぶりです。


ところで今日はインターネットでホットメールを初体験。日本語ができる係の人に助けてもらった。自分の力ではできなかったけれど、とても勉強になった。

2ドル払って（1時間）インターネットカフェに来たのですから。日本のニュースも見られて、ホッとする次第。


今日の午後はフリータイムでカースティンとは別々の行動だったけれど、今から家に帰ろうとバスストップに行く途中、カースティンとばったり会う。

ダウンタウンの人の多いところでです。

サプライズ‼と、ふたりで楽しく帰宅。

"Fancy meeting you here." と言えればよかったのに、サプライズ！でした。

残念‼

夜になってまたハプニング。

シャワーを使おうとすると、水が出ない。今日は使えないみたい。

明朝はどうなるのだろうか。

## 4月21日（木）

授業が終わってから農場見学。

羊、牛、豚、ニワトリ、ピーコックーとにかく広い。

人も見当たらない。
今日は感激しているどころではない。風が強く寒い。
風邪をひきそうなので、今日は寝ます。

## 4月22日（金）

昨夜は早くベッドに入りたいばかりだった。
冷えた1日だったし、しかも学校へ行く時に雨だったので、初めて傘をさしたのです。
昼からはあがったけれど、風が強く、寒い1日だった。
本当は今日から2泊3日のロトルア旅行に行く予定だった。
学校のアクティビティに参加する予定でいた。ところがそのアクティビティは3泊

4日に変更されていたのです。アンザックホリディが月曜日なので、今週だけは3泊4日なのだ。

タダシは、なぜそれを早く私たちに知らせてくれないのか、と怒った。今週だけ違うということはボードに張り紙していたのだろうけれど、思い込んでいる私たちは、見もしなかっただけだと思う。

3泊4日はハードだし、ノースランドも入っていた（ノースランドへは5月に行く予定になっている）。そういうことで別の旅行会社に予約し、1泊2日のロトルア旅を、カースティン、タダシと3人で行くことになった。

どんな旅になるか、楽しみです。

リュックを安く買って準備OK。


最近こちらの食事に慣れたせいか、体重が55kgから落ちなくなった。

ストップ状態です。


明日は早朝に出発です。5時に起きなければ間に合いません。

## 4月24日（日）

旅行のため、はじめて1日日記が飛んでしまった。

予約はしていても、どんなコースで行くのかも理解できてなく、ただロトルアに行くことだけがわかっていたバスツアーで、375ドル払っての旅行です。

ちょっとしたホテルに泊まり、ディナーを楽しみにしていた。

土曜の朝5時に起き、6時10分のバスで集合場所へ。7時20分の集合時間だった。オークランドをスタートできたのは8時30分をすぎていたと思う。あっちこっちのお客さんを拾いながら出発だ。

しかもバスドライバーは外で若い子と記念写真を撮ったりしている。ちょっと先行きが心配ではあった。

日本のバス旅行は結構親切だし、バスツアーといったらあんな感じだろうと勝手に決めこんでいたからびっくり。

いろいろな見所を見学し、ロトルアに着いた。

運転手は私たちに、「この先を右に折れてしばらく行くとホテルがある。明朝は8時20分にここに集合」と言った。


ホテルを探してその名前のところに着くと、なんとユースホステル！（たぶん、日本のユースホステルはもっといいと思う）６人部屋、８人部屋、しかも2段ベッド。シャワー、トイレは別室。

ショック…。

しかもホテルに着いて私のチケットを見せると、一緒に行ったカースティンやタダシとは違うホテル。車で10分くらい先のホテルになっているという。さらによく見ると、私の名前が『AGSUKO MAKAMURA』。

バスで一緒になった日本の男の子がカースティンやタダシと同じホテルになっていたので、その子とチェンジしてもらった。

ところが男の子なので、男部屋。でもその部屋にもう1人女の子がいたので、まぁいいか、と諦めざるをえない。

トラブルがあった場合、日本語でも大変なのに英語でああのこうのだから、時間がかかる。これもまぁいい勉強です。

ロトルア旅行１

夜はマオリの文化に触れ、そのビレッジでマオリ料理のバイキングでディナーを取ることになっている。それもほんとうに食事ができるかどうかとても心配でした。

全て英語の説明ですからよくわかっていません。１００人以上はいたと思いますが、歌あり踊りありの楽しいひととき。しかも土曜日はカースティンの52歳の誕生日だったので、ワインでチアーズ！

私にとっても思い出に残る、カースティンの誕生日です。

ロトルア旅行2

2日目は活発な活動を続けているタウポ火山帯を3km歩く。本当に地球は活動しているのだなと実感する。沸騰している地下水を見て驚く。

ニュージーランドに来てほんとうに地球の歴史を感じるところが多い。


その後立ち寄った公園で、ミニバンジージャンプをしないか、と業者の人がバスに乗ってきて説明。

私たちのバスツアーの人の中には誰もトライする人はいなかった。若い人も多かったけど、したくなかったみたい。業者の人もガッカリ。

その場所でコーヒータイムだったので、皆それぞれにコーヒーなどを飲んでいたら外でワァーと声。見れば5歳、8歳くらいの子どもたちが3人、バンジージャンプにトライしていた。すごい！

そして最後のスケジュール。ジェットボートです。

すごいスピードで急なターン。救命胴衣をつけての乗船です。滝のそばまで近づくのでほんとうに怖かったけれど、スリル満点で楽しかった。

頭もびっしょりの人、顔はシャワーを浴びたよう。

こんなに危険な遊びをしても大丈夫なのだろうかと思うほど。

そんなこんなでマジックにあったような旅行でしたが、旅行会社の名前も〝Ｍａｇｉｃ社〟でした。

## 4月25日（月）

晴れ。

今日はアンザックデーで学校は休み。

カースティンと、ミッションペイにあるマッスルのお店（先日行ったお店）に食べに行くことになっている。私が案内役だ。

そのレストランに入って注文をしようとしたら、そのウェイトレスがスウェーデンの人だった。

カースティンは思いっきりスウェーデン語で彼女と話をすることができて、とても嬉しそうだった。ニュージーランドにはめったにスウェーデンの人はいないようです。

そのレストランをチョイスしてほんとうに良かった。

マッスルの味より、そちらの方がご馳走だったみたい。

それに帰りは歩こうか、とふたりの意見が一致して、バスで15〜20分くらいのところを1時間半、いや、2時間近くかかったかもしれません。

ウォーキングできて気持ちがよかった。

ほんとうに彼女はよく歩きます。学校から2時間かけて歩いて帰ってきたこともあります。

今日は私が夕食を作ると言ってあるので、スーパーで買い物をし、ワインを買って帰宅。サラダと天ぷらを作った。

いろいろな野菜と、メインはなんといってもロブスター。ブツ切りにして天ぷらにしたのだから、美味しいはずです。しかも生きていたのですから。

息子さんが持ってきてくれたのです。

普通のエビでするといったのですが、どうしてもロブスターを息子に持って来させるというのですから、もったいなくても惜しげもなく天ぷらにしました。

私は少しだけ、刺身で食べることにしました。ワサビと美味しい醤油があったら最高なんだけど、残念‼

生き生きですから全部天ぷらにしたくなかったのです。

今日もよく歩いた良い1日でした。

## 4月26日（水）

くもり。

残り3日でEnglish schoolは終わり。

4週間目になって先生の言うことがずいぶん解るようになったのに――。

3カ月くらい通うといいだろうなぁ。

でもかなり高い月謝だからつらいかな。


今日は動物園に連れていってもらった。

学校のプログラムに入っているわけです。

日本の動物園とはずいぶん違います。

鳥は金網の中にいるけれど、他の動物はほんとうに自然の中にいて、ライオンなんか柵を飛び越えてこないかと不安になるくらいです。

Ｋｉｗｉも目覚めているところを見られたので、ほんとにハッピーです。ほとんど寝ているを聞いていたので、いい時間に行ったわけです。

でも今日はほんとうに寒い日だった。

ニュージーランドにこんな寒い日があるなんて思ってもみなかった。

冬支度なんかしてきていません。

## 4月27日（水）

あと2日で学校は終わり。

ずっと行っていたい気持ち。ほんとうに学校は楽しい。

知らない土地でバス通学。スクールメイトによく会うというのも楽しい。若い子達と一緒に勉強するのも私としては全く違和感がないのが不思議。恥ずかしいとかいうこともないし、若い人たちも普通にクラスメイトといった感じで接してくれる。

今日はまた新しい学生が２人、入ってきた。

サウジアラビアのモハメッドと何とか（よく聞き取れない名前）。

サウジアラビア出身がクラス３人になった。

イブラハム、モハメッド、と、何とか…。

英語でしか話が通じないわけだけれど、お互いに初歩クラスだから大変。

それでも４週間くらい一緒にいると、なぜか親しみが湧いてきて人柄も解ってくるし。途中で出会っても習いたての英語で挨拶。お互い言いたいことが言えないもどかしさを感じながら、笑って“See you tomorrow”で別れる。

この子達と一生もう会うこともないのかと思うと、なんだか切ない。

皆、大学を卒業して英語を学びにきている。国の指導者となる若者たちだろうか。

頑張って欲しい。

## 4月28日（木）

シルバーエイジクラス最後の晩餐は、オークランドで一番高級なスカイタワーレストランです。

学校持ちなので安心！　でもワインは別です。

とても美味しくただいたのですが、日本の方がもう少し凝っているような気がします。楽しい時間でした。


このように高級レストランはどこも変わり無いような気がします。

眺めは素晴らしいです。オークランドが一望できるのですから。

明日は最後の日。

いい思い出になる1日でありますように‼

## 4月29日（金）

無事に4週間が終わった。

通学した証明証と所見（テストの結果）が渡された。

まさかあのテストが最後のテストになるとは思っていなかった。制限時間を間違えていたので、最後までやっていなかった。

先生が『最後までやりなさい』ということで、その場で済ました。


3カ月通ったら随分理解できるようになると思う。今日ぐらいから授業の内容が濃くなった気もする。

あー　残念。

勉強することがほんとうに楽しい、ということがわかっただけでもいいか（でも遅すぎる。50年も遅れています）。

そういえば今日バスに乗っていたら、金髪の女性が、このバスはパーネル通りをと

おるのか とたずねられた。

"YES!" と堂々と答えられる。よく知っている通りだから。

カースティンと私は、顔を見合わせ笑う。この辺りのことならＯＫ。ガイドできるよ、と言って。

カースティンも歩くのが好きだから、ほんとうによく歩いた１カ月だった。

明日の朝、カースティンはスウェーデンに帰ってしまう。ほんとうに淋しい。

明日からいないなんて信じられない。

明朝エアポートまで見送りに行きたい。

ネピアさんにその想いを告げなければならない。

簡単な英文を考えて、伝えることにします。

## 4月30日（土）

カースティンを見送りに行くことができたので良かった。

また会えるような、そんな気がする。

その足でネピアさんの息子さんとその友人を空港で出迎える。

2人が到着。

明日からノースランドに1週間、みんなでオリーブの収穫に行く予定。

たぶん日記どころでは無いと思う。

日本からは、息子のアンソニーと、宏さんとトヨ子さん。また楽しい1週間になりそうです。


明朝6時に出発です。

## 5月5日（金）

久しぶりにペンをとる。

ノースランドにオリーブの実の収穫に来てはや5日目。

団体生活（8人）なので、一部屋に2人です。

1000本くらいのオリーブの木が1万3000坪くらいの丘に植えられています。

8人で小さなオリーブの実を手で摘み取るのですから、見ただけで気が遠くなりそうです。

8人のメンバーを紹介をすると、オリーブ畑の持ち主のアンソニー、弟ダニエル、母親のキャッス（ネピアさん）、その友達のヘレン、日本から駆けつけた宏さん、トヨ子さん、ニュージーランド在住のレイコさん、それに私です。

ブティック経営の宏さん、中学校教師のトヨ子さん、元小学校教師のレイコさん、今は無職の私。日本語が弾みます。オリーブのピッキングよりもおしゃべりが楽しくて楽しくて手の動きが遅くなり、アンソニーに叱られます。

太陽が登れば仕事をはじめ、日が沈めば終わる。昼食の休憩を除いてひたすらピッキング、ピッキング。1本の木を5分で摘み取れ、とのお達しで、5、4、3、2、1　はい　終わり。ネクスト。といった具合です。

手元が見えなくなるまで作業をして、車で5～6分のところにあるレンタルハウスまで帰ります。これって何だか季節労働者みたいね、と日本人女性軍はそんな話をしながら家路へ。

仕事中、空はどこまでも青く、太陽は燦々と降り注いでいます。

前方には14kmはあるという素晴らしい浜辺があり、オリーブ畑が点在している。しかしながらこの美しい景色に見惚れている間はなく作業は黙々と続き、3日間で終わらせなければならない。後の3日間は樹の剪定や肥料やりなどがあるらしい。

オリーブ畑

3日間のピッキングが終わったら、女性軍はオークランドに戻る予定になっているという。後は男性軍だけらしいと言うので、宏さんに「お先に失礼して申し訳ないわね」と私は嬉しそうに言った。アンソニーはその話が聞こえたらしく、即座に「アッコは帰れないよ、ジョリー（犬）を連れて帰るので車に乗れないから」と。

エッ?! 私は絶句。

ポカンとしている私の顔を見て、宏さん、トヨ子さん、レイコさんはおなかがよじれんばかりの笑い方です。

イッツ オッケイ! しか答えようがない。

ノースランド風景

木曜日の2時ごろ、女性軍と犬のジョリーは私を残してオークランドへ帰っていった。

居残り組4人は食材の補充と、肥料の買い出しのため街に出かけた。そしてアンソニーは私と宏

バギー

さんに、ノースランドの良さを味わってきたら、と気遣ってくれ、弟のダニエルが案内してくれた。

2時間をかけ、四輪バイクで浜辺や砂丘を走る遊びです。20年来車しか運転したことがないのに、怖くて怖くてしかたなかったけれど、誰にでもできる。簡単だから、という言葉を信じ、スタートした。

波が打ち寄せてくる岩場、砂漠のような山をアップダウン。あまりの急傾斜面に立ち往生。インストラクターに助けてもらってクリア。

怖さに涙が流れてくるのでした。

景色はというと、言葉では言い表せないくらいの美しさ。

空の色、海の色、そして水平線、サーフィンしている若者、釣りをしている人、風紋の美しい砂漠をけたたましい音を立ててバイクで走り抜ける。

これは若者の遊びでした。

ダニエルと宏さんはとても楽しそうでした。

私もすんでしまえば楽しかったと思うのですが、そのときは恐怖心で心も体も固まっていました。2度目はノーサンキュウです。

ドライビングの後、アンソニーの叔母さんを出迎えに行くのに同行しました。

カイタイア空港、とてもとても小さな空港です。

20人も乗れば満員になりそうなプロペラ機で叔母のパディさんが到着。

空港のそばには牛や馬の牧場。なんとものどかです。


レンタルハウスに戻りホッとしたところ、身体中に痛みを覚える。左腕の痛み、左手にはマメ、足も力が入っていたのか痛い。

英語で『マメができた』というのはどう言えばいいのかな、なんて考えながらシャワーを浴び、昼寝。初めてのお昼寝。

明日にはオークランドに帰れます。

## 5月7日（土）

アンソニーもノースランドのオリーブ畑を半年くらい留守にするため、さまざまな段取りがあるみたいです。オリーブ畑を後にした時は、もうあたりが暗くなっていた。

6時間くらいかけ、オークランドに着いたのは11時30分くらいだったと思う。疲れているので、顔だけ洗ってすぐにベッドへ。

アンソニーも宏さんも、9日月曜日には日本に帰国するので、明日日曜日に宏さんを連れてオークランドの市内観光にでも、と思っています。

私が案内役です。アンソニーは多忙ですから。

## 5月8日（日）

バスで市内に出かけるつもりがまたストライキ。水曜日ぐらいまで続くらしい。終日運行されないなんて信じられません。よほどのことなのでしょう。

ニュージーランドは土地も物価も高騰して、給料のアップが間に合っていないみたいなのです。連日新聞をにぎわせているようです。

そんなわけで、アンソニーが市内のダウンタウンまで送ってくれた。

まずはスカイタワーからスタート。このスタートで思わぬものにハマってしまった。アンソニーに、スカイタワーにはカジノがあると聞いていたので、ついついふたりでチャレンジしてしまった。買ったり負けたりして時間が経つ。

次のスケジュールをこなさなければ。早くコインを消化してしまえ、と50ドルのコインを大胆に賭けたら倍になった（ブラックジャック）。

ラッキー。１００ドルにして終わりにしました。

大金を賭け、当ててみたいと言う気持ちがわかるような気がしました。

怖い怖い。

## 5月9日（月）

アンソニー、ヒロシさんが日本へ帰るのを見送りに行きたいので、午前5時30分に起床。

アンソニーは日本に持って帰るオリーブオイルのボトル詰のため、遅くまで（私は12時頃ベッドに入ったけれどまだやっていた）起きていたからほとんど寝ていないと思う。

6時過ぎに家を後にし、エアポートへ。

8時30分のフライトの予定。チェックインしてボードを見ると、その飛行機は9時30分フライトとなっている。ヒロシさんのチケットには8時30分。

ボードを見ていると傍にいた日本人が、この便は普通8時30分だけれど月曜日だけは9時30分ですよ、と教えてくれた。

こんなこともあるのですね。それなら1時間遅く家を出発できたのに…と思ってしまう（それにしてもオークランドで搭乗したらまっすぐ大阪というのもいいなぁ。私は帰りもシドニー→バンコク→福岡です）。


さぁみんな帰ってしまって私ひとり。

これから3週間どのように過ごすか、考えなければいけないけれど、水曜日まではバスもないし動きがとれない。

とりあえずノースランドの疲れを取るため、ゆっくりすることにしよう。

## 5月10日（火）

今日は久しぶりにいつもの公園へウォーキングに出かける。

ネピアさん、その友人の、ネピアさんの妹さん（南島ワナカから来ている。ノースランドから一緒に帰ってきた人）と私。それにジェリー。

とても気持ちのいいウォーキング（1時間くらい）。

帰宅してコーヒーとフランスパンに、出来立てのオリーブオイルをつけて、ダッカ（ナッツやハーブをオーブンで焼いてつぶしたもの）をつけて食べる。

おいしい！　これは日本に帰って作ってみようと思う。

レシピをコピーしてもらう。

ところでここ3日間バスも動かないし、家にいるより方法はないので、ヒロシさんが重量オーバーのため持って帰れなかった本3冊。

私も日本に帰る時重たいので、捨てるしかないと思い、読んでおこうと思ったのです。

ところがハマってしまって昨日1冊、今日2冊。楽しく読めるので読んでしまった。持って帰ってあげようかしらと思っているくらいです。

ここではその内容はいろいろ奥深いので触れないでおきますが、プラス思考で私の思いとピッタリな本でした。
ヒロシさん、ありがとう。いい本を置いていってくださり感謝します。
1日中家にいるのは初めてです。
バスがストライキなので、どうしようもありません。
いい時にこの本があり、読めたわけです。
これからの20日間、どのように過ごすか全く予定はありません。
流れにまかせましょう。

## 5月11日（水）

今日もバスはストライキ中。朝と夕方だけ運行です。
9時30分～15時くらいまでストライキ中らしい。
9時半までに出かけておけば良かった。レイコさんと会えたのです。

ネピアさんが9時30分にバスストップがどうとか言っていたのですが、友人が来訪されると聞いていたので、9時30分にバスストップに迎えに行くのかと思っていたから…勘違いです。

バスがストップするのです。

こんな勘違いなんて朝飯前です。

気にしない。

昨日に続き、朝は7時30分からウォーキング。4人で（昨日と同じメンバー）。

朝早かろうと遅かろうと、ほんとうにたくさんの人が歩いたり走ったりしています。

牛のフンや羊のフン、ハトのフン、ニワトリのフン…そんな匂いの中でも、千年くらいたつのかしら、と思うような大きな木々と芝生の中で大きく深呼吸。

においも何も吸い込みます。

気持ち良くて、1時間歩いてもまだ歩いていたい気分です。

あと20日で帰国の予定になっています。

今日ふと、英会話するのにできるだけ短く言おうとしている自分に気づいた。

イエス アイアム を、イエス だけ。みたいな。

きっちり丁寧に言うように心がけてみようと思う。

## 5月12日(木)

11時30分にレイコさんと会う約束。

9日に、アンソニーと一緒にヒロシさんが日本に帰国したので、日本語を使えるのは3日ぶり。

でもこの2日間はヒロシさんが置いていった本を3冊読破していたので、頭の中が日本語になってしまって、咄嗟の英語が出てこない。

ネピアさんは日本語の本を読んだからそうなったと言った。

今日も日本人と会って日本語を喋ったらまたさらにそうなるかも、と言った。

大丈夫 大丈夫。英語について彼女といろいろ話もしたし、上手くなるに決まっている。

レイコさんもニュージーランド人と結婚して幸せに暮らしている。

日本にいるときは小学校の先生をしていて、彼と知り合い教師を辞めて、ニュージーランドで生活をしている。私は思わず、教師を辞めるなんてもったいない！と言ってしまったけれど、今の生活を選んだ彼女もまた素晴らしいなとも思う。

時々会って話をしたい、素敵なレディです。

ヒロシさんが置いていった本3冊は、レイコさんにいきました。

## 5月13日（金）

朝はいつものように公園へウォーキング。

そして、今日のディナーはわたしにまかせて、と言って買い物に行きフードタウンで串カツを作るために材料を買った。

ほうれん草か小松菜みたいなものがあれば、胡麻和えを、とおもってみたけど胡麻がない。チャイナの店で胡麻を見つけたのだけど、業務用でバカでかい。

諦めてバターを使ってソテーにでもすることにしましょう。


この生活もなかなかいいと思う。

私は英語の勉強に来ているのであって観光に来ているわけではないので、遊びに行かなくてもいい。1人で旅行しても面白くないし、生活の中で英語を学べればいいと思う。

けっこうエンジョイ出来ている。

## 5月14日（土）

今日は1日、ネピアさんの家族と過ごした。

3歳と2歳の子どもさんと一緒に公園へ行ったり、買い物へ行ったりして楽しい1

日。

英会話を学ぶには最高にいいのだけれど、子どもとでもボディトークが多い。時々子どもに言葉が通じているなとひとりで喜んでいる。

英語の世界に入っていてもなかなか日本語から離れることはできない。英語を考えるのに日本語から考えてしまう。

ここをクリアできればいいのだろうけれど、私にとっては至難の業です。

あと2週間で帰国というのに、ほんとうに進歩していない私です。

カッコ悪く帰るのも嫌だけど、どうしようもない。喋れるようになって帰国しようと思うといつになるかわからないから。

ネピアさんはマオリの男性と結婚し、2人の子どもをもうけ、長男は日本人と。次男はサモアの人と結婚しています。マオリの文化やサモアの文化に触れることができ、いい体験をさせてもらいました。

こちらは全部ではないらしいけれど土葬です。

お墓も皆で行き、参らせていただきましたが、土が盛ってあり、1年後?くらいに石碑にするらしいのです。

今日、今までずっと言いたくても言えなかったことを手紙にしてネピアさんに渡すことができた。

文章は辞典から探し出してやっとできたもので、最後のチェックを遊びに来ていた次男のお嫁さんに見てもらい直した。

▷ Kaths
Thank you for letting me stay with you.
I think all the time.
Your husband end. His death is great loss to everybody. Please accept my sincere condolences. And your dependable son has gone to Japan. But I can not speak to cheer you up.
Therefore I can not speak English.
I am sorry. I have got a bit of a problem. But pluck up heart.
Cheer up you too!
ATSUKO ◁

やっとつかえていたものが取れたといった感じです。

言いたいことが言えない思いは、私の体重の減り方に表れています。

3食規則正しく食事はしています。ほんとうに1食も抜いていないと言ってもいいほどの規則正しさです。

こんな体験ができたことを、私の周りの人にほんとうに感謝したいと思います。

## 5月15日（日）

今日は珍しく天候が悪い。クラウディー。です。

ネピアさんが、入院しているお母さんのところに行くので一緒に行かないか、というので同行。

あまり重病でもないのでしょう。以前に行ったときはひとり部屋だったけれど、4

人部屋になっていた。それに壁には名前の下に　ショート　と書いている。周りの3人に比べて一番元気は良さそうです。

ですがお母さんの状態は、病院が退院できても、ひとり住まいは無理なようです。病院にいつまでもいられないので、昨日ネピアさんは老人ホーム（週700ドルくらいかかるホーム）を見学していた。

社会保障などはどうなっているのかよくわかりません。1人暮らしの老人問題は、どこも一緒のようです。

ところで、今日の夕食は私が作る、と宣言しました。

ジャパニーズカレー（カツカレー）とサラダ（レタスとトマト）です。ズッキーニやレッドペッパー、マッシュルームを加えて野菜も肉もたっぷりのカレーです。

みなさん喜んでくれたようですが、ほんとうに好きなのかよくわかりません。が、息子さん（次男）のダニエルはとても美味しそうに何度も頷きながら食べてくれたので嬉しかった。2日前にしたトリの串カツ（肉と玉ねぎを串に刺したカツに、ケチャップとお好みソースを混ぜて作った簡単なソース）も、ダニエルにはウケた。ネピアさんや妹のパディさんもたくさん食べてくれた。こちらはトリ肉がとてもおいしいのでグッドです。

学校が終わってもなんだかんだと毎日が過ぎていく。残り2週間をどうすごそうなんか考えず、普通に生活していこうと思う。

それが私のスタディイングリッシュになるのだから。

## 5月16日（月）

めずらしく今日も朝からずーっと雨です。

いくら曇っていても、必ず一度くらいは青空が見えていたのに。天気予報では明日もまだ雨が続くらしい。

木々や芝生は喜んでいるでしょう。

今朝、とても勢いよく、ネピアさんが街へランチにいこう、と誘ってきた。一緒に行くから、と。

ネピアさんと外食するのは初めてで、誰かと待ち合わせでもしていて、そこでご一緒するのかと、思ったりもしていた。

訳のわからぬまま同行。

10時30分に家を出ていろいろな雑用を済ませ、ネピアさんはサングラスを買い、ジャストルッキングしたりしてスカイシティーへ（一番賑やかなところ）。車を駐場に入れ、エレベーターで3階へ。

エレベーターを降りてびっくり。カジノの場所。先日私がブラックジャックをしたところです。

私を楽しませに来てくれたのです。

ふたりでスロットを楽しみ、ネピアさんは40ドルくらい勝った。私は8ドルくらいの負け。そばにあるバイキングのレストランへ。ふたりで45ドル。クーポンがあるからハーフプライス払えばいいらしい（多分）。でも高いバイキング。たくさん食べられる人でないともったいない。しかし客層はほとんどが中年と老人グループ。ウィークデーの高めのレストランにおける昼食風景は、日本と同じかも。

## 5月17日（火）

予報通り、今日も1日中降ったりやんだりの空もよう。

ネピアさんとその妹のパディさん（私のバストあたりが彼女のウエストぐらい）と3人で、先日見学した老人ホームより遠い老人ホームの見学に行った。

いろいろ決めかねているのでしょう。

今日見たところも素敵な老人ホームだった。

部屋は6畳くらい。テレビ、ベッド、ひとり用ソファ、サイドテーブル。これだけでいっぱいです。

全て備え付けのもので一緒です。

24時間体制（ナース）のケアハウスといった感じです。

見た感じ、この国も女性の方が長生きなのか、女性が目立ちます。

スタッフも年配の女性が多くとても明るく気さくです。ここはどれくらいの料金なのか聞いていませんが、充実した良いホームみたいに見えます。

お母さんのために姉妹でいろいろ考え、どこかを選択して入ってもらわねばならないようです。痴呆に加え、身体的（足が悪いようです）にも1人暮らしは無理のようですから。

ネピアさんも忙しい毎日です。私がホームステイしている上に、病院へ行ったり孫のお世話をしたり、1週間があっという間に過ぎてゆくようです。

私も日本にいたら同じような毎日だけれど。

そろそろ日本へ気持ちが向いてきた。

帰国のことは今までほとんど考えず明け暮れしていたけれど、あと2週間で帰国ですから。

# 5月18日（水）

昨日からケータイ電話の調子が悪く、ＯＦＦ状態になってＯＮにすることができないので、借りているショップへもっていってＯＮにしてもらった。

英語仕様でもケータイくらいはなんとかできると思っていたけれど、機種が違うとさっぱりわからない。

今朝は犬の散歩を1時間くらいしてから、バスでケータイショップがあるダウンタウンへ行ったのです。


今朝、ネピアさんは今晩はいないので、自分で夕食を考えてくれ、という。

そして6時45分にネピアさんの友人スービーさんが私を迎えにきて、ジャパニーズソサイアティーに連れて行きたいが、予定はＯＫかと聞いてくれる。日本クラブに行けるのは嬉しい、と思いＯＫ。

ユー　アンダースタンド?　アイ　シー.

7時前に迎えにきてくれ、車で30分くらい。走る間いろいろ英語ではなしかけてくれる。

ネピアさんより早口なので聞き取るのに大変。

なんだか不安になってきた。日本人クラブに行っても日本語が使えそうにない雰囲気だ。

行ってみるとやはり英語しか使ってはいけないのです。

初級、中級テーブルがあるのです。

スービーさんは私を連れて、中級テーブルへ。

しかも今日初めて参加した人は、自己紹介まである。聞いてないよ！と言っても始まらない。

My name is Atsuko. I came from Japan, Hiroshima.

I like wine. I like Oakland. But I want to visit Tonga. Thank you.

いきなりのことで変な自己紹介です。

でもとても良い時間を持てた。2時間くらいトーキングするのですが、2週間に1度開催されているので、次の開催は私の帰国日です。

スービーさんはこの会でもかなり顔が知られていて、何人かの日本人も彼女にずいぶんお世話になっている、と言っていた。世話好きでとても親切な人です。ネピアさんとは学校の時からの友人らしい。

会も終わって、帰り間際に一人の女性が私の傍に来て、私はトンガから来ています、と。トンガ人が声をかけてくれました。小柄で日本人ぽい可愛い女性です。もう一度彼女に会って、トンガのことを聞きたかった。今日はスービーさんに送ってもらわなければならないので、話を聞く時間がない。彼女はなぜか『日本語が少し（かなり？）』できるのです。

もっと早くこの会に来られていたら、きっと私はトンガに行っていたでしょう。そして、彼女と友達になっていると思う。

少しの会話の中に、何か惹きつけられるものがあった。もし来年でももう一度ニュージーランドに来る機会があったら、彼女に会うために、水曜日の夜7時30分にこの会に来てみよう。それまでこの会にいてほしい。

それにしても、中級クラスに座っていて、日本人の英語はわかりやすいけれどニュージーランド人の英語は早口に聞こえる。面と向かって話しているときはゆっくり話してくれるけれど、ニュージーランド人同士のトーキングになると早い早い。

今日も、サンキュウ フォァ エブリシング でした。

## 5月19日（木）

昨夜はなぜか覚醒して眠れなかった。

久しぶりに8時頃までベッドの中にいた。

朝、プードル犬のジェリーを散歩に連れていこうと思ったら、妹のパディさんが南島のワナカへ帰るのでエアポートまで送っていくという。一緒に行くことになった。

2時間のフライトらしい。多分、クィーンズタウンまでかな。そこから車で1時間くらいのところにワナカというところがあるらしい。スキー客が訪れる場所。今はとても寒いと思います。昼のオークランドはTシャツ1枚でいいのですが、ダウンジャケットを着て帰っていきました。

オークランドに来て3回もエアポートに見送りに来ています。あと10日余りで私の番です。

ほんとうに私は帰国するのだろうかと思うくらい、私がここに住んでいて、人の見送りばかりしているような、そんな気持ちになります。

そろそろ帰国の準備にかからねばいけないというのに。

今日ネピアさんは、もしよかったら帰国を6月の中旬にして、1週間ほどパディさんのところにいてクィーンズタウンやワナカで遊び、パディさんの車でオークランドに戻ってこないか、と提案してくれた。とても嬉しかったけれど、冬支度はしてきていないし、私の英語力では自信ないし、今回はやめておこう。

少し里心もついてきたところだし。きっとまた来年も来られるでしょう。帰国しても、スタディ イングリッシュ です。

パディさんに、"I hope I'll see you again sometime. Please take care of yourself."

適当な言葉だったかどうか不安です。

明日は次男のダニエルの子ども、ルアンナの1歳の誕生日。

## 5月20日（金）

今日はルアンナの誕生パーティ。ネピアさんと一緒に次男のダニエルの家へ招待されています。

どんなパーティになるのか楽しみ。

今朝ネピアさんは私に明日の予定を言ってくれた。亡くなったご主人の兄弟が来られ、次男のダニエルとゴルフに行くという。私たち（ネピアさんと私）は同行するのかどうか、わからない（これは私の思い）。一緒に行って私たちはプレイしないでドリンクだけと言っていたような気もする。

明日のことはいいとして、今日、日本にいる長男のアンソニーから電話で、南島のワナカ（クィーズタウン）へ行って、3～4日かけて車でオークランドに戻りながらクライストチャーチなどに泊まりつつ旅行するのはきっといいよ、とすすめてくれる（サバイバルレースの予感がする）。

すっかり日本へ帰る気持ちになっていた私。娘も、それはいい。こんなことはまずできないよ、といって背中（肩？）を押す。

なんだかんだ、いってこようかな、と残金を調べてみる気になった。

カムバックするのに10時間くらいのことかなと思っていたら、とんでもない。北海道から九州までくらいの距離がありそう。そりゃ3〜4日かかるはず。

飛行機で2時間くらいかかるのだから、あたりまえです。

ニュージーランドは小さい国、と勝手に思っていた。日本でもそんなことしたこともないのに、日本語が全く通じないパディさんとふたり旅をするとおもしろいのかな、と少しワクワクした気持ち。

パディさんはなぜ車でオークランドに帰ってくるのか、と聞けば、お母さんとの同居を決めた、という。老人ホームをあれこれ見て回ったけれど、結局パディさんはワナカの仕事をやめて、オークランドでお母さんと一緒に住むことにしたみたいです。

近くに妹さんが戻ってきて、ネピアさんもきっと嬉しいと思います。パディさんもよく決心されたことと感心させられます。

初めて会った時からとても優しそうな方だなと思っていましたが。

日曜日にパディさんと打ち合わせをしてから、行くかどうかを決めます。今行っても行かなくてもどちらでもいい気分です。

来週はレイコさんに会えるので楽しみ。

早くワンガヌイから帰ってきて！

次男ダニエルの長女、ルアンナの誕生パーティに、ダニエル宅を訪問。

彼の奥さんはサモアの人で、その両親と兄妹もオークランドに住んでいる（ダニエルの家の隣）。でも、身につけているのはサモアらしくこの季節でも夏のワンピース（サモア衣装）に、耳の上には花のかざりものです。

そして食事の前にお祈りがあり、アーメンと言ってからがスタートです。

それにしても、サモア料理の美味しいこと！　なぜか日本料理の味付けに似ている（少し濃いめではある）。醤油を使っているのではないかと思うような味です。とにかく美味しくて好きな味でした。

肉（トリ肉ではないと思う）と野菜（ナス、人参……等々）のうま煮と、中国の春雨と牛肉の煮物（ソイソース使用）。


どこへ行ってもおとなしい。物静かで控えめな、私。

日本にいては考えられない私が、ここにいます。

なさけない‼

日本に帰ったら反動で喋り続けるのではないかしら。

周りに迷惑かも。

## 5月21日（土）

亡くなったご主人の子の兄弟の兄夫婦と、次男のダニエルが、早朝（5時頃）からゴルフに行っていて、その後ゴルフ終わる頃にネピアさんとダニエルの奥さんと私はゴルフ場へ行って合流し、ドリンクをするみたいです。

家族みんなで楽しむのですね。

なんで私たちがゴルフ場に行くのか、理解できていないのです。

今日はどんな1日になるのか、楽しみです。

私の服装はというと、秋になったり夏になったりです。

昨日は秋の服装。今日は夏の服装です。ネピアさんは昨日でもノースリーブのブラウスなのです。私は長袖のTシャツにコーデュロイの上着を着ていても丁度よいのです。今日は日本の6、7月の格好です。ネピアさんは白いブラウス。今日はメイクに力が入っている。

ゴルフ場に1時30分頃着き、みんなのプレイが終わるのを待って（50人くらいのトーナメントらしい）ミーティングです。他のプレイヤーの家族も、子どもを含めたくさんいます。そこで初めて、ネピアさんが参列した意味がわかったのです。

亡くなったご主人杯みたいなのがあって、該当者のプレイヤーにネピアさんが授与するわけです。フォー ユー ギブ なんとか…。朝、一生懸命、私に伝えようとしたことがこの時初めてわかったのです。

何か私にご馳走してくれるのかと思い、サンキュー、と言ってしまったから、必死で説明してくれたけど、私はどこ吹く風だったのです。

よく解りました。

それにしても授与式も終わって3時間近くなりますが、雑談が終わりそうにない。

私は、犬と遊んでいます、と言って車のキーを渡してもらい、車中で待機することにした。

今日は最初から、ネピアさんもビールを飲んでいる。めずらしいことでした。1杯飲んだのを一度だけしかみたことがなかったから。

私は勧められたけれど、1杯半でギブアップ。最近飲んでいないので、あまり飲めないのです。信じられない状態です。欲しくなかったのです。

夕食は10人の大人数です。

2カ月もホームステイさせてもらっていると。親類の人々にほとんどあったみたいです。

愛情に満ち溢れた素敵なファミリーです。

## 5月22日（日）

日曜日はみんなゆっくりベッドの中。

目覚めてはいるけれど、ベッドルームです。

私は8時にはたいていトースト1枚とコーヒーを飲むので、1人で先に朝食を済ませた。

悪かったかしら。待った方が良かったかしら。

気持ちは待ちたかったけれど、お腹が待てなかった。

アイムソーリー。

ところでこのところずっと雨が降っている。太陽がのぞいてもまたすぐ雨が降ったり、とはっきりしない天気が1週間くらい続いています。

訪れていた兄夫婦家族3人、次男夫婦家族5人がそれぞれ帰宅し、ネピアさんとふたりの午後。

家事を少し手伝い、ゆっくりと休憩。

英語のスタディブックも少しできて、久しぶりにゆっくりと時間を過ごす。晴れていたら出かけてみようと思っていたのだけれど、時折ドシャ降りですから、出たくありません。

私の南島への旅は明日の夜決まる。北海道あたりから九州までの車の旅なんて、日本でも考えたことなかったのに。体力的に心配ではあるけれど、あれこれ言い訳もできないからなりゆきまかせ。

## 5月23日（月）

ネピアさんのお母さんも退院して、自宅へ戻られた。ネピアさんはシスターばかりだと思っていたら、お兄さんがいた。退院を手伝いに来ていたのですが、こんな時、男の人は荷物を持つぐらいで、これはやはりネピアさんの出番みたいです。でも心強いですけれど。

横も縦も大きな人で、とにかくビッグファミリーです。

妹のパディさんがワナカから帰ってくるまで、ノースランドに住んでいる妹のメアリーさんがお母さんと一緒にいるみたいです。

一番近くに住んでいるネピアさんは、いつも身の回りのことはしてあげているようです。

やはり1人暮らしの老人問題は、どこも変わりないようです。次は私の番なのですが、子ども達の負担にならないように考えておかねばなりません。順送りとはいえ、直面するといろいろ大変なことだと考えさせられます。

## 5月24日（火）

なかなかパディさんと連絡がとれないようで、出かけても出かけなくてもどちらでも良い、と思っていた気持ちが、日本に帰る方へ向いてしまった。

今朝、目覚めてすぐネピアさんに、私は日本へ帰らねばならない、と告げた。

いよいよ1週間後にオークランドをあとにする。

ネピアさん家族には本当にお世話になった。

若い子ならともかく、私のような年齢の者が、2カ月もステイしていたら扱いにくかったでしょう。

待っていたレイコさんからの電話もあり、木曜日に街に出て3人で（ネピアさん・レイコさん・私）ランチをすることになった。

ジャパニーズレストランで10ドルランチ。なかなか美味しいらしい。

楽しみです。

ところで私はひっきりなしに辞書を引くので、電子辞書の電池が少なくなっていると表示に出た。

電池の購入を急がねば……

パスポートの次に大切なものだから。

## 5月25日（水）

街へ用事がある、と言って11時頃に家を出た。

ほんとうにお世話になったネピアさんに、何かプレゼントを買いたかった。

以前、ネピアさんと一緒に買い物に行った時、これ素敵ね、と言っていたバスローブを思い出し、その店へ行った。

バスローブは1枚しか残っていなくて、Mサイズ。ニュージーのMはかなり大きいけど、それでもサイズが合わず小さかったらどうしようもないので、チェンジできるカードをいれてもらって、これでOK。

街でレイコさんと会い、今日は思いっきり日本語。家へ招待された。

レイコさんも思いっきり日本語！

ディナーをご馳走になったけれど、旦那さまのポール・ケネディさんに気の毒なくらい日本語ばかりで話をしていた。

ソーリー ポール。ポールはレイコさんが楽しければ嬉しいという。

マジですか。

日本の男性も最近はそうなのでしょうか。

## 5月26日（木）

今日は約束をしていたレイコさんとネピアさんと私の3人で、ジャパニーズレストランへ。

日本料理、といっても、寿司とかではなくハヤシライス・ハンバーグ・パスタ・オムライスというように、日本で食べる洋食、と言った感じです。

店の名前も　BISTRO　EURO　AJIA　といいます。40前くらいでしょうか。もの静かで感じの良いオーナーです。

味もよく、夜も6時から居酒屋風レストラン。40人くらいは入れそう。広いです。

開店して4年目といっていましたが、30年くらいは店をしているようなオールドな感じの店です。エレクトーンもあり、いい雰囲気のお店です。

食後3人でショッピングセンターへ。

ふたりに勧められ、全く買う気もなかった私が靴を買ってしまう。確かに楽で、いい靴だけど。

こちらにはデパートというものがなく、いろいろな専門店が入っているショッピングセンターがあちこちにあります。それもかなりビッグなもので、駐車場も広くて便利です。オークランドの生活は、物価は日本と変わらないし、バス料金などはこちらの方が少し高いのではと思います。土地や家はかなり安いのではと思います。

どの家も美しくペイントされ、煉瓦造りの家も素敵です。

家々の庭にはモーターボートが置いてあり、これは日本では考えられない景色です。丘の頂上に家があっても、庭にはモーターボート。

クルーザーは湾岸に。モーターボートは庭に置くのでしょうか。うらやましい風景です。

## 5月27日（金）

雨です。

土曜、日曜、月曜、火曜…あと4日でオークランドとお別れです。

借りていたケータイを返し、お土産を買い、夕方帰宅。

ネピアさんとふたり、雑炊をして食べた。

ダイエットならこれが一番いい、と言いながら食べたあと、ライスで作ったプリン（砂糖たっぷり、牛乳、卵、バター入り）と、アイスクリームと、缶詰のフルーツを添えて出してくれた。せめてライスが入っていなければいいのに。これでは雑炊だった意味がない。

泣きたい気分だったけれど、美味しいのとせっかく作ってくださった気持ちを無にするわけにはいかないので、全部いただいた。

そういえば今日初めて見かけた風景。

バス2台・乗用車2～3台の周りをパトカーが派手なライトを点滅しながら護衛し

て走行していた。かなりたくさんのパトカーだ。誰か特別な人がオークランドに来られたのでしょうか。

バスの中の人の顔の様子では、アジア系中国人かなと思ったけれど、どなたが来られたのでしょう。

明日の土曜日はパジャマパーティだという。なんのことか全く理解できません。明日のお楽しみ。私の帰国準備はだいたいできたから。

帰国準備で思い出した。

今日初めて、換金のためナショナルバンクへ行って1万円だけを換金した（最初はネピアさんについてきてもらった）。

お土産屋さんでカードも日本円もダメだというし、ニュージーランドドルも使い果たして80ドルしかもっていなかった。ＶＩＳＡカードでほとんどＯＫだけど、その店だけはダメで（支払いは足りたけど、全く手持ちがなくなったら、バスにも乗れない）。でもどうしてもこの店で買おうと思い、近くの銀行で換金をしたのだった。

パスポートは持っていないけれどコピーはある、と言ったらＯＫだった。

1万円で、124ドル91セント。ニュージーランドドルを1万円分くらい持っていれば、あとはほとんど使うことはないと思うから安心。

普段は1ドルの持ち合わせもない状態で出かけることもあるのだけれど、昨日はジャパニーズレストランに行くのに日本円を2万円入れて出かけた。その時に1万円で支払い、お釣りをニュージーランドドルでもらい、1万円がお財布に残っていた。それが役に立った。


ちょっとおしゃれなカフェで紅茶を飲み、バスの時間を調整する。

紅茶を頼むときはいつも大変。

普通の紅茶なら イングリッシュブレックファースト。アールグレイならウーウグレイ、と言えば良いのか。

アールグレイではなかなかわかってもらえない。

グリーンティーは、どこでもOK。

## 5月28日（土）

朝、いつものように（週3くらい）ネピアさんの友人が連れに来てくれ、ウォーキング。

怪しげな雲が広がっていて、雨が来そう。

そんなことは一向に気にしないで出かけていく。思ったとおり公園に着くまでに雨が降ってきたけれど、全く迷うことなく公園に行く。ついた時にはドシャ降り。

車の中で7〜8分待っていたら、スゥーッと雨が止み、さぁ今から歩きましょう、といった感じ。

雨が止もうが止むまいが、心配したり迷ったりはしないのか、してるのか、わかりません。

夜はパジャマパーティー。

料理を持ち寄ってするらしいので、私はシチュー。ネピアさんはポテトサラダ。誰かの家でパーティーがあるのかと思っていたら、大きなプレイセンター（子どもの遊具がある場所）。

子ども30人くらい。大人も30人くらい。

子どもも母親もおばあちゃんも、皆パジャマ。

ネピアさんもパジャマで、20分くらい車を運転して会場に行きます。なんの集まりなのか、行ってみてわかる私です。ルアンナの誕生パーティーが開かれているのです（ファミリーだけのパーティーは先日済んでいる）。

1歳のルアンナのママはサモアの人。サモアのビッグファミリーと他の友人達が集まって、ルアンナの誕生日を祝っているのです。

私はただびっくりしています。私はパジャマじゃなくてごめんなさい、と言ってTシャツにズボンで許してもらいました。パジャマの中に日本のガーゼの寝巻きを着たサモアの人がいた。なんでもご主人が日本で買ってきたらしく、堂々と着ていました。

## 5月29日（日）

朝、犬の散歩を兼ねてウォーキング。

帰り支度をしたり、ネピアさんと買い物へ行ったり、特別何もない1日だった。

ネピアさんのお母さんや、妹のメアリーさんにもお別れができた。犬のジェリーも飼い主のお母さんのところへ帰り、ひと段落。

ジェリーは心からくつろいだ安心しきった顔だ。なかなかなつかなかったけれど、まぁ吠えないだけいいかな。

シャンプーを3回、してあげたのだけれど、怖くて固まっているのかとてもおとなしく声ひとつ出さずに、シャンプーさせてくれるのです。

私の顔をじっとみて、避けるか後ずさりしていたジェリー。ある日、ネピアさんが留守でジェリーと2人きりになった時、頼る者は私しかいないと思ったのか、私の部屋に来てベッドにすがってきた。ネピアさんが帰ってきたらジャンプジャンプでネピアさんに飛びついて喜んだ。ガッカリ。でもネピアさんがお母さんのところへジェリーを連れて帰ると、お母さんの傍から離れない。ネピアさんのことは全く無視。

こんなものでしょうか。

あと2日で帰国。

日本にいる息子さんのアンソニーからTEL。私の荷物を輸送して、オリーブオイルを手荷物で持って帰ってはくれないか、と申し出。

オリーブオイルは輸送できないらしい。私の荷物は輸送できるから——。

明日のディナーは下隣のファミリーと一緒らしい。

どうなることでしょう。

私の手調理で、です。

## 5月30日（月）

台風でもきているような天気。

明日までは良いとしても、帰国日の水曜日には綺麗なニュージーランドらしい青空になってほしい。きっとなるに違いない。

私は晴れ女だから。

そんなわけで、最後にもう一度オークランドの街に繰り出すのは、やめにして、家で週刊誌を辞書で引きながら読んだ。楽しかった。

昼前になりネピアさんが、以前オリーブの収穫に一緒に行ったヘレンさんとランチをする約束になっているから一緒に、といってくれた。

私はいつもこんな時、勝手に期待を膨らましているからいけない。

ネピアさんはパイとコーヒー。ヘレンさんはホットサンドに紅茶。私はフライドポテト（サツマイモの）と紅茶。

ハングリーだったので量の多いさつまいもを全部食べて帰りました。でも私の体重は、乞うご期待です。

いよいよ明日1日となり、病気や怪我もなく2カ月間を過ごせたことに本当に感謝感謝です。

腹薬、胃薬、風邪薬、鎮痛剤、目薬…一通り持っていたけれど、これはレイコさんに贈呈です。

ネピアさんは今晩、お隣のご夫婦と娘さん3人を、ディナーに招待していたので、メインディッシュを串カツにしてみました。ソースも、美味しい、といって食べてくれましたが、恥ずかしい限りです。お好みソースとケチャップと、お酒があったので少々入れただけです。

おもてなしをするのに黙っていては悪いと思い、今晩は辞書に頼らず、ありったけの単語で話の輪に入ろうと努力してみました。冗談も交えながらー。

皆さんが帰られたあと、ネピアさんが ナイス コンバセイション！ ベリィ グッド！と言ってくれて、とても嬉しくホッとした次第です。

明日のディナーは次男のダニエルファミリーとすることになっています。

そうそう、おとなりさんから（名前が聞き取れなかった…）ニュージーランドの写真集をお土産にいただき、サンキュー ベリィマッチ です。

## 5月31日（火）

とうとう最後の夜。

ダニエルファミリーの暖かいもてなしに感謝感激。

パッキングも済み、ひと安心。オリーブオイルを持って帰るため、かなり重いスーツケースですが、チェックインが無事にできるかどうか、行ってみなければわかりません。確かに20kgはゆうに超えています。

限度は一応、20kgですから。よろしくお願いします。


2カ月の間。何か大きな失敗、失言をしていたかもしれませんが、お許しください。

未熟すぎる私ですから。

## Memo お天気と食べたもの

| | | | |
|---|---|---|---|
| 3/30 | 水 | 晴れ | 朝：8枚切りの食パン1枚とコーヒー・ジャム or バターチキン（丸焼き）・サラダ（モッツァレラチーズ入り）・ご飯 |
| 3/31 | 木 | 晴れ | 鯛かヒラメのソテー・ポテト・にんじん。ブロッコリーのゆでたもの |
| 4/1 | 金 | 晴れ | ビーフステーキ（網で焼くのでバーベキュー）・目玉焼き・サラダ（ドレッシング〜日本のもので頂く）（全て下味はつけていない） |
| 4/2 | 土 | 晴れ | フライドフィッシュ・ポテト（フライド）・りんご（ジャムに似たもの）（アイスクリームはNOと言った） |
| 4/3 | 日 | 晴れ | オムライス（マッシュルーム・オニオン・グリンピース）・グリーンサラダ →マイクック |
| 4/4 | 月 | Fire | パスタ（ミート）・グリーンサラダ |
| 4/5 | 火 | Fire | ジャガイモ、サツマイモの茹でたもの・かぼちゃ、ブロッコリー、カリフラワーのボイル・鶏の足ロースト |
| 4/6 | 水 | Fire | ポーク（？衣をつけて焼いたもの）・ジャガイモをオーブンで焼いたもの・玉ねぎ、マッシュルームを炒めたもの |
| 4/7 | 木 | Fire | マッシュポテト・にんじん、グリーンピースの茹でたもの・ラム肉（味は） |
| 4/8 | 金 | Fire | ミートポテト入りパイ・コールスロー　ワイン |
| 4/9 | 土 | Fire | 牛肉・ソーセージ（網焼き）・チーズサラダ・アイスクリーム |
| 4/10 | 日 | Fire | 牛肉（コンビーフみたいなもの）・パンプキン・ジャガイモ・青野菜（ターサイみたいなもの） |
| 4/11 | 月 | Fire | ご飯・鶏肉のシチューみたいなもの・ツユ豆のソテー |
| 4/12 | 火 | | 冷やご飯を焼き飯・魚のフライ・キャベツ（小さい）のボイル |
| 4/13 | 水 | 晴れ | 鶏肉のロースト・ブロッコリー・パンプキン・トマト（バジル、チーズ、オリーブオイルかけ） |
| 4/14 | 木 | 晴れ | ライス・カレー味牛肉・トマト |

| | | | |
|---|---|---|---|
| 4/15 | 金 | 晴れ | パイ・コールスロー・トマト・ワイン |
| 4/16 | 土 | 晴れ | 豚（骨付き）・コールスロー（ジャガイモ、トマト）（今日は最悪…ネピアさんは午前中お腹をこわしていた） |
| 4/17 | 日 | 晴れ | ジャガイモ・かぼちゃ・グリーンピース（ゆでたもの）・ミートパイ |
| 4/18 | 月 | 晴れ | ジャガイモ・サラダ（チーズ入り）・ソーセージ |
| 4/19 | 火 | 晴れ | お好み・ライス・ワイン・ブルーベリーパイ・アイスクリーム（友人宅）（レイコさん宅） |
| 4/20 | 水 | 晴れ | パンプキンスープ（オニオン、ベーコン入り）・チキン・タイライス |
| 4/21 | 木 | 雨のち晴 | ミートパスタ・パンプキンスープ |
| 4/22 | 金 | | ピッツァ |
| 4/23 | 土 | | ［旅行］マオリのバイキング |
| 4/24 | 日 | | カレー（チキン and ツユ豆） |
| 4/25 | 月 | | ［私の料理］ポテトサラダ（ブロッコリー、トマト、ハム、きゅうり）・天ぷら（ロブスター、鯛、ツユ豆、サツマイモ、ナンキン、オニオン） |
| 4/26 | 火 | | フィッシュフライ・昨日の残りのサラダ、天ぷら・パン |
| 4/27 | 水 | | パン・シチュー |
| 4/28 | 木 | | ［スカイタワーディナー］ポークステーキ・サラダ・生牡蠣 |
| 4/29 | 金 | | ピッツァ・フィッシュフライ・ポテト |
| 4/30 | 土 | | ラム・サラダ |
| 5/1～ ノースランド | | | |
| 5/8 | 日 | | チキン・スパゲッティ・パン |
| 5/9 | 月 | | フライドライス・ロブスター1尾 |
| 5/10 | 火 | | 白飯・小松菜ソテー・トリ足 |
| 5/11 | 水 | | ポテト・キャロット・ビーンズ・ポーク（豚生姜） |
| 5/12 | 木 | | 野菜スープ・パスタ |

| | | |
|---|---|---|
| 5/13 金 | | 串カツ・ほうれん草ソテー |
| 5/14 土 | | ピッツァ（チーズ and ガーリック）・パスタ |
| 5/15 日 | | ［マイクック］ビーフ and ベジタブルカレー・サラダ |
| 5/16 月 | | ［マイクック］雑炊（ネピアさんとふたりだけの食事だったので） |
| 5/17 火 | | 鶏肉、レタス、トマト、サツマイモをケバブ風にして食す |
| 5/18 水 | | バナナ入りケバブを作り、一人で食事 |
| 5/19 木 | | 小松菜の和物・鯛のソテー・パンプキンスープ |
| 5/20 金 | | ［ルアンナの誕生パーティー］サモア料理・バースデーケーキ（アイスクリーム） |
| 5/21 土 | | カレー・コールスロー |
| 5/22 日 | | ビーフステーキ・ポテト・ブロッコリー |
| 5/23 月 | | ビーフシチュー・ご飯 |
| 5/24 火 | | 牛肉と春雨のソイソース炒め |
| 5/25 水 | | ［レイコさん宅にてディナー］豚キムチ・パンプキンのそぼろあんかけスープ |
| 5/26 木 | | ケバブ（鶏肉、トマト、ツユ豆） |
| 5/27 金 | | 雑煮・ご飯のプリン |
| 5/28 土 | | ［パジャマパーティー］サモア料理・日本風カレー入りホワイトシチュー |
| 5/29 日 | | ビーフステーキ（ビッグ）・オニオン・目玉焼き |
| 5/30 月 | | チキン串カツ・サラダ・ライス |
| 5/31 火 | | 牛肉・コールスロー・サラダ |

●バター、チーズ、ジャムは日本の３倍は食べた気がする
●昼食にはチーズたっぷりのオムレツ、サンドウィッチ（必ずトマトは入れる）
●学校へ行っているときは韓国料理、インド料理、タイ料理、日本風な弁当など
●フィジャワー（フルーツ）（グリーン）

## 6月1日（水）

11時過ぎに家を出ればチェックインに間に合う。

9時30分頃、ネピアさんがウォーキングに公園へ行こう、という。

いつもは1時間コースだけれどショートコースを歩こう、との提案。

えっ？と思ったけれど、ＯＫ。

30分くらい歩いて帰宅。

私の好きなケバブの皮を10袋（1袋6枚入）買う。荷物は膨らんで、ひとりで持てるのか、と思うほどになった。

ネピアさんにエアポートまで送ってもらう。チケットには『荷物は20kgまで』と買いてあったけれど、チェックインの際、重量は27・8kg。これはアウトだと思いヒヤヒヤしていたら、難なくＯＫ。ラッキー！

私の旅行の仕上げは、オークランド↓シドニー↓バンコク↓福岡↓広島、です。

日本を発つときは不安でものすごい緊張感でしたが、帰国はさほどではありません。ですが気は抜けません。まだまだ英語の世界ですから。

飛行機の座席は娘に聞いていたのを思い出し、アイルプリーズで、通路側にしてもらっていましたが、機内は3分の1の乗客で、ガラガラ。アイルは関係なく長くなって寝てもいいくらいです。

シドニーでどれくらいの人が乗ってくるのかはわかりませんが――。

シドニーからたくさん乗り込んできて、フル状態です。でも私の隣は空席で、3人掛けの窓側にインド人らしい若い女性が座りました。

30分くらいは知らんぷりだったのですが、私が音楽を聞こうとしたとき、どうしてもボリュームダウンができず、あなたわかる？　と、私から話しかけた。彼女は快くOK、と。いろいろやってみたけれど結局、壊れてるよね、とふたりの認識が一致し、私は真ん中の席にコードを差し込み、音楽を聞くことにした。

そんなわけで、すっかり打ち解けて食事時、ワインでチアーズ。

彼女はかなりのドリンカーみたい。次々にお酒。ワイン、ウィスキー、コニャック。

コニャックが美味しいよ、と言うので私もトライ。

いい気分。飲み放題ですから。

彼女は激しい音楽でも聞いているのか、上半身でリズムをとり、踊っています。格好は、下はジーンズ、上はブラジャーの少し大判かな、と思うようなものに小さめの上着を少しだけ羽織っています。

飛行機の狭い座席でこれだけ楽しめれば退屈しないでしょう。気持ちよく飲んだ後は、足を上げて眠っている。

私は映画を3本みてウトウト。

彼女に、よく眠れた？と聞くと、全然眠れていない、と言っていた。

タイに到着。彼女とはバイバイ。タイから日本へ向かう飛行機に乗り換える。

そのゲートに着くと、そこはタイから帰国する日本人客ばかり。

ここで初めて日本人と出会えた。

会話したい気持ちになる。

でも見知らぬ人です。1人しか日本人がいない場合は話しかけやすいけれど、みんな日本人だからかえって話しかけられない。

結局、タイから福岡の5時間弱は、無言です。

病気も怪我もなく帰国でき、安心。こんな体験ができて、家族に感謝です。

そして英語がチンプンカンプンの私をサポートしてくださったネピアさん家族の方々、本当にありがとうございました。

中村　淳子（なかむら あつこ）

1943年（昭和18年）上海にて生まれる。

引き揚げ後、父のふるさとの福岡県田川郡にて1957年まで在住。父の転勤で、佐賀、広島へと転居。

現在、夫、娘夫婦、孫3人の合計7人の家族で呉市在住。

60歳、ハウスワイフのホームステイ　～ 2 months in New Zealand ～

2023年9月13日　第1刷発行

著　者　中村淳子
発行人　大杉　剛
発行所　株式会社 風詠社
〒553-0001　大阪市福島区海老江 5-2-2
大拓ビル 5 - 7 階
TEL 06（6136）8657　https://fueisha.com/
発売元　株式会社 星雲社
（共同出版社・流通責任出版社）
〒112-0005　東京都文京区水道 1-3-30
TEL 03（3868）3275
装幀　2 DAY
カバーイラスト　柳 裕美子
印刷・製本　シナノ印刷株式会社

ISBN978-4-434-32440-6 C0095